U0033983

目錄

怪奶奶真奇怪

怪奶奶真奇怪

怪怪村有個怪奶奶，她一定要有兩個姓。

大家都是一個姓，為什麼要有兩個姓呢？

「我喜歡！」怪奶奶說。

那就是複姓嘛，沒關係，的確是有人姓兩個字的。

「我不是複姓，我就是有兩個姓。」怪奶奶很堅持。

那要怎麼打招呼呢？

怪奶奶笑咪咪的教大家：「你們可以叫我布奶奶，也可以叫我郝奶奶。」

這不是有點奇怪嗎？

「不怪，不怪，這樣很好。」她說。

布奶奶的手最巧了，怪怪村的人沒有一個不羨慕的。她喜歡在布上玩「針線走迷宮」的遊戲，穿了細線的針，在她短短胖胖的手指頭帶領下，一會兒鑽進，一會兒鑽出，直進、橫走、斜行、打彎、轉圈……看得人眼睛花了，弄不清針線在玩什麼把戲。

「好了！」布奶奶拈起針，快速打個結。

圍觀的人拿起來一看，唷，就這麼點喝茶的時間，布奶奶已經做出個背包，或是條褲子、一件衣服、一個玩偶熊什麼的可愛東西。

「布奶奶，這送給我，好不好？」

「我想要，布奶奶，把它送給我嘛。」

孩子們圍著布奶奶要東西，布奶奶搖搖頭：「不給，不給。」

布奶奶姓「不」，怎麼會給呢？

「叫我郝奶奶，我就給。」

孩子們不信，真的就改口：

「郝奶奶，你縫的玩具送給我好不好？」

「郝奶奶，這背包可不可以送我？」

「郝奶奶，我想要你做的這件衣服……」

咦，郝奶奶點點頭，開開心心的說：「好，好，沒問題，喜歡什麼就拿去吧。」

這下，怪怪村的人知道了：布奶奶的手巧，郝奶奶的心好。

郝奶奶不只心好，腦袋也很靈光。她喜歡想故事、說故事，郝奶奶的故事好聽有趣，總是讓聽的人著了迷，捨不得回家。

這一天，愛說故事的郝奶奶，搭著拿針線的布奶奶，把故事一字字一句句，都縫進布裡頭去。縫的是什麼呢？

「棉被。」布奶奶說：「縫一條睡覺蓋的棉被。」

嗯，郝奶奶笑咪咪的又說：「是一條會做好夢的棉被喔。」

哇，「我要」「我要」，孩子們吵成一團。

大人們也來索討會做好夢的棉被。

「郝奶奶，我家小娃受了驚嚇，夜裡頭老哭，能不能縫一條會做好夢的棉被給小娃？」

「郝奶奶，我娘年紀大了，夜裡睡不好，想跟您訂一條會做好夢的棉被給老人家！」

布奶奶只管玩針線，郝奶奶笑呵呵說：「好好好，把我叫對了就有棉被拿。」

咦，叫「郝奶奶」不是嗎？

郝奶奶只會說「好」，可不會縫棉被！

那麼，叫「布奶奶」吧。

布奶奶會玩針線，但她只會說「不」！這，可難了，該怎麼叫才對呢？

一條漂亮的棉被縫好了，被面上繡著美麗的風景，被子輕輕軟軟，還有股花香在裡頭，看了的人都好喜歡哪。眼睛巴著被子，心裡頭不停打轉，每個人都在想，要怎麼叫，這怪奶奶才肯把被子給人呢？

「郝奶奶，這條被子給我行不行，布奶奶？」

怪奶奶搖著頭說：「好是好，可惜沒叫對。」

「布奶奶，這漂亮的被子能給我嗎？郝奶奶。」怪奶奶搖著頭說：「不給不給。」

「布奶奶郝奶奶，我想要這條被子，給我好嗎？」

怪奶奶還是搖頭：「有創意，可惜沒說對。」

「郝奶奶布奶奶，我喜歡這條美美的被子，送我吧！」

怪奶奶又搖頭：「說得好，但是叫得不對啦。」

唉，怎麼都不對呢？大人小孩捧著下巴不停的想：還可以怎樣叫呀？

布奶奶又縫起另一條被子了。

漂亮的被子擱在長椅上，好舒服的樣

子！傷透腦筋的大人小孩盯著被子，不知不覺打起哈欠，哇，真想抱著被子睡一覺喔。

調皮的小男生阿福睜著烏亮亮的大眼睛，扯開喉嚨樂哈哈的喊：「郝布奶奶，我喜歡這條漂亮的被子，讓我蓋著睡吧！」

布奶奶笑開了嘴，郝奶奶笑瞇了眼，點著頭說：「好孩子，就把它送給你。」

哇，原來要喊「好布奶奶」才對呀！

會做好夢的棉被

會做好夢的棉被

小娃蓋上會做好夢的棉被後，睡了甜甜一夜，把受到驚嚇的事忘記了。陶大娘蓋了會做好夢的棉被後，一覺到天亮，直說睡得又香又沉，做了什麼夢呢？忘啦！阿福成天快快樂樂，他是第一個拿到這種棉被的，問他做了什麼好夢，他笑嘻嘻的摸著頭說：「醒來就不記得了，只知道很快樂。」

「欸呀」，沒拿到被子的人攤攤手：

「不過是條被子，做不做好夢我照樣睡。」「就是嘛。說什麼兩個姓，同一個人還分怎麼叫才對，愛搞怪！」

「沒什麼啦。」睡覺愛打呼的李大說：「她姓布，嫁給姓郝的先生，冠上夫姓就是郝布啦。」

這個李大，睡覺打的呼能震垮門窗，怪怪村的人夜晚睡覺都不關門窗，因為關了也會被震破，甭關了。

嘴巴合不起來的張二接著說：「她姓布，名字叫做丁，布丁，郝布丁，哈哈哈。」

張二的嘴一直是開的，他下巴的開關壞了，沒辦法把嘴關起來，蚊子蒼蠅都格外小心，怕飛進他的大嘴巴裡。

李大和張二都是怪怪村裡有名的怪人，他們都覺得：怪奶奶根本不怪嘛。

嘿，誰說的！

王三神秘兮兮的說：「這個郝布奶奶真有本事喔。」他指指自己的頭：「看我，頭不歪了吧！」

王三原本是頭往右邊肩膀歪，看過許多醫生都治不好，成了怪怪村有名的歪頭。現在頭擺正了，反倒讓李大跟張二不習慣，換做他們歪著頭看王三。

「告訴你們，郝布奶奶讓我睡一場好覺，醒來後我的頭就不歪了。」王三指點他們：只要有郝布奶奶縫的會做好夢的棉被，蓋上它睡一覺，什麼毛病都會好。

會做好夢的棉被這麼管用嗎？

李大和張二真的跑去央求郝布奶奶，給他們各縫一條做好夢的棉被。

抱著棉被回家，李大特意關緊門窗，想試試看自己打呼的聲音有沒有變小。張二放了面鏡子在床邊，準備照照自己的嘴巴關上了沒。

他倆抱著棉被，早早上了床倒頭就睡。

棉被攤在肚皮上，小小薄薄的，李大嘟囔著：「這能蓋啥呀？」張二也嘮叨著：「只夠蓋肚臍眼兒！」

才這麼說了一句，他倆各自打了個呵欠，眼皮就沉甸甸垂下，整個人動也不動，睡著了。

小小薄薄的被子，在他們身上一

點點一點點向四周延伸變大，把人柔柔的包裹住，又輕輕提起來，被子裡的人像朵雲飄浮在床上……

裹著棉被的李大和張二就這麼懸浮在床上，睡了個舒服的覺。

時間慢慢走過，黑夜靜靜的退去。察覺到天色逐漸轉亮，飄浮著的這兩朵雲輕輕落在床上，棉被一點一滴縮小，變回原來的模樣。李大、張二躺在各自的床上，舒服的伸敞四肢，沉沉睡著。

街道上，早起的村民議論紛紛：昨晚怎麼沒聽到打呼聲呢？一夜靜悄悄的，反而睡不著！平日聽慣了的鼾聲沒傳出來，難道是李大出門沒回家？

睜開眼，先醒過來的是張二，坐在床上伸懶腰時手伸到一半又收回來，忙著拿起鏡子照照瞧瞧。果然，嘴巴閉上了，一副帥哥模樣，只可惜頭髮蓬鬆，眼屎還沒擦掉！他邊刷牙洗臉，邊想著李大。

好個李大，睡到別人敲門了才知道醒。看到開門出來的李大，眾人終於相信：這傢伙昨晚在厝裡睡覺；瞧他家門窗關得好好的，沒半丁點兒裂縫，他的大鼾聲沒啦！

嘿，李大和張二、王三從此在怪怪村的怪人排行榜上除了名，郝布丁奶奶變成怪怪村的頭號怪人——專治怪人的怪人！

「唔，不怪不怪，這樣很好。」郝布丁奶奶笑咪咪的拈著針線。說的也是，王三頭擺正了；張二嘴巴不再開大大的；李大睡覺不打呼吵人，這些，很好啊！

那，會做好夢的棉被又是怎麼回事呢？「我把故事縫進棉被裡，他們就會做夢啦。」郝布丁奶奶越說得稀鬆平常，大伙兒越覺得她很奇怪。

帶著煎餅去坐船

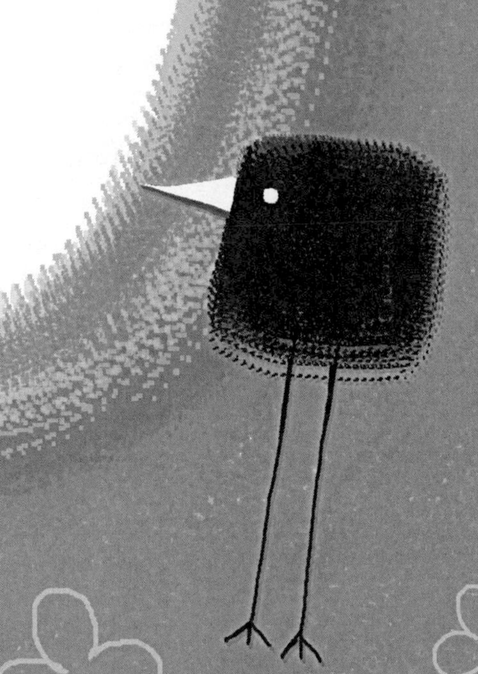

帶著煎餅去坐船

郝布丁奶奶的屋子就在池塘邊，前後空地長滿野草，她從不拔草，讓它們長得綠油油一整片。

屋子倒是整齊乾淨，陽光從每一面進來打招呼，桌椅櫥櫃亮著光，讓太陽很開心。跟奶奶住在一起，就像跟陽光作伴，很快樂，沒煩惱。風啊、鳥啊會從窗戶飛進飛出，看看奶奶做針線，聽聽奶奶說故事，聞聞奶奶廚房裡的香味。

平日做針線說故事，奶奶都在客廳裡，一張高腳高背藤圈椅，加上一條長板凳。板凳放奶奶的針線籃子，也給客人坐，還有，奶奶把腳擱在板凳上。「這麼坐最舒服。」奶奶套著繡花鞋的腳，像兩隻小船停靠岸邊休息。

有個娃兒住在奶奶家。「親戚的孫子。」奶奶抱起小小坐在板凳上。會走學跑的娃兒一身奶香，白嫩嫩皮膚、黑亮亮眼珠，整天笑咯咯，還會說故事給奶奶聽。小小記不了太多話，把奶奶說的故事截頭去尾再掐折，就變成另一個古怪的故事啦。

奶奶在客廳裡說故事，她的廚房裡也有私房故事

唷，那是說給小小聽的。

初夏早晨，綠繡眼在窗外唱完練習曲剛飛走，白頭翁的談話會還沒開始，麻雀鬧了一陣正在休息，這時候，布丁奶奶在廚房裡忙著。

爐子上正在熬糖漿，另一個鍋子裡飄出肉桂香，餐桌上打蛋盆裡，奶油和蛋已經軟軟綿綿的發成泡，濃濃的香甜的熱氣把廚房變成了大烤爐。

咕咕鳥從壁鐘的窩裡跑出來叫鬧著：「好香喔，是什麼？是什麼？」

布丁奶奶手上杓子攪動糖漿，耳朵一邊數算咕咕鳥的叫聲。一、二……八、九、十！「十點，剛好。」關掉爐火，金褐色的糖漿在鍋裡伸懶腰。布丁奶奶笑咪咪的拍拍手，煮出漂亮的糖漿可不容易呢！

個子嬌小、頭髮花白的布丁奶奶，滿臉笑容的在餐桌前、爐台前、洗槽前走動個不停。仔細聽聽，她還哼著歌哩。

今天，布丁奶奶做了什麼好東西呢？微風好奇的來到餐桌看個究竟。

哇呀，是個大煎餅！金黃色的大圓餅上，灑著白白的芝麻和紅紅的枸杞，晶亮的褐色糖漿在餅上畫出一艘帆船，煎餅周圍是一朵又一朵翠綠的花椰菜，美極了。

「奶奶，奶奶。」稚嫩清脆的喊聲跟著一個小娃兒跑過來。

「什麼東西這麼香？我肚子餓了，給我吃嘛！」小小撲在布丁奶奶膝蓋上，掀著奶奶的圍裙玩躲貓貓。

布丁奶奶抱起小娃兒坐上高腳椅。「來，吃吃帆船煎餅，你就會做個出海的夢喲。」

香噴噴的餅一口一口吃下，布丁奶奶的故事也一句一句接起來：

「每一艘船都住著一個船仙，船仙喜歡聞煎餅香香的味道。第一次坐船的人或是怕暈船的人，口袋裡都會帶上幾塊煎餅，船仙只要聞出誰身上有煎餅味道，就會特別保護他，不讓頑皮的水浪在船行進時捉弄這些人。」

聽到這話，小小吵著布丁奶奶：「我要坐船，帶我去坐船。」捉著煎餅的小手一邊往圍兜口袋裡塞。

布丁奶奶笑呵呵，把兩塊小煎餅用紙包好放進小娃兒的口袋：「來，帶著煎餅，我們去坐船吧。」

真的呀？娃兒高高興興，攀著奶奶的脖子離開高腳椅。是有艘船哩。

布丁奶奶牽著小小來到屋旁的池塘邊，一個大木桶就在水中浮盪。布丁奶奶在木桶裡鋪上被子，提把上綁著碎花洋傘，讓小娃兒躺進去。微風搖著木船，在池塘裡悠哉悠哉的漂行。

呀，別緻的小木船輕輕晃慢慢搖，軟軟的棉被像奶奶的手，陽光照著頭上的傘，細細的綠花片落滿小小全身。聞著煎餅香，小娃兒瞇起烏溜溜的眼睛，坐船真舒服呀！

把拴住木桶的繩子繫在樹上，布丁奶奶從圍裙裡掏出針線布，坐在樹墩上縫起來。她要替小娃兒做頂小花帽！

誰說布丁奶奶是怪人，她不過是個慈祥又點子多的好奶奶罷了。

癩蛤蟆有煩惱

癩蛤蟆有煩惱

阿福背著書包，笑嘻嘻的跑過來。「郝奶奶，布奶奶。」這快樂的小男孩跑得滿頭大汗。

布奶奶放下針線：「放學啦，今天乖不乖？」

「老師說，天下沒人我最乖。」阿福得意極了。

「哈哈哈」，郝奶奶忍不住笑：「你的老師真聰明，知道這樣子說。」

阿福搔搔頭，跟著郝奶奶開心的笑。

「郝奶奶，你都做什麼樣的夢？」阿福坐下來伸伸腿問。

「唔，我想想。」布奶奶手裡的針線忙跳舞，郝奶奶的嘴巴跟著動：

「我最近夢到癩蛤蟆。他提著皮箱到處流浪，眼睛大又凸，肚子鼓鼓的。我問

他為什麼要離家，他說要找知識。他把家裡的書看完了，知識都裝進肚子裡。」

坐在樹根上的阿福抱住膝蓋半瞇著眼：「癩蛤蟆要知識作什麼？」

「我要弄明白一件事。」一個沙啞的聲音回答他。

阿福嚇一跳，哇，真有隻癩蛤蟆坐在他腳邊，皮皺皺的，肚子鼓成了大皮球。

「什麼事呢？」郝奶奶問。

癩蛤蟆嘆口氣：「為什麼大家說我醜，

卻不說我聰明！」

阿福呆呆望著癩蛤蟆，弄不清自己怎麼會坐在郝奶奶的夢裡頭。

「書裡有答案嗎？」布奶奶停下針線問。她連作夢也在縫棉被，阿福又嚇一跳。

「沒有。」癩蛤蟆敲敲腦袋：「不過我喜歡自己這模樣，好像很有學問。」

「你希望變聰明嗎？」阿福忍不住插嘴。

「我已經夠聰明了！」癩蛤蟆有點生氣：「我只希望作好夢睡好覺，不要老是被吵醒。」

誰會去吵醒一隻流浪的癩蛤蟆呢？

「肚子。」癩蛤蟆和郝奶奶同時說出答案。

「我這肚子鼓鼓凸凸，老愛『卜卜咕咕』唱歌打鼓，吵得我睡不著。」癩蛤蟆很痛苦。

「只要拿針戳戳肚子，它就不會吵你了。」郝奶奶的話讓癩蛤蟆很高興，阿福卻嚇第三跳，針戳肚子不會痛嗎？

癩蛤蟆真的拿起布奶奶的針要往肚皮刺，阿福跳起來：「不可

以！會痛啊！」

叫完才發現，他坐在樹下跟郝奶奶聊天，自己剛才做了個夢。

郝奶奶問阿福：「你想，癩蛤蟆是真的聰明嗎？」

咦，郝奶奶也知道自己夢見癩蛤蟆嗎？搖搖頭：「他不聰明。」阿福頑皮的問郝奶奶：「我去抓一隻癩蛤蟆來問問，好不好？」

當然好啦，郝奶奶什麼都說「好」。

坐在郝奶奶和阿福面前，癩蛤蟆小金實在不敢相信，自己正和神祕的怪奶奶說話！

「小金你好。」郝奶奶先開口：「你覺得自己聰明嗎？」小金鼓著肚子說話：「一點點。我知道自己不算醜，而且我不吃天鵝肉，我也知道有些人腦筋比我還差，連蛤蟆和青蛙都分不清楚……」他「嘓嘓嘓」的說了一大串。

阿福興奮極了，這一隻癩蛤蟆居然能跟人說話！他忍不住問：「小金，你覺得讀書有趣嗎？」

「叫我小金爺爺！我年紀比你大多了。」癩蛤蟆凸起兩隻眼糾正阿福：「書本很不錯，可是研究食物更好玩。我爺爺就說，地瓜糖比書本有趣。」

阿福張大眼，想學小金的凸眼睛。「你還有爺爺啊？」

「當然有。我爺爺吃過怪奶奶做的地瓜糖之後，再也不看書了。」小金拍拍肚子：「我真想嚐嚐地瓜糖。」

咂咂嘴，阿福偷偷吞口水：「那你一定也不想看書！」

「沒錯。」小金繞著郝奶奶的腳跳來跳去，急躁興奮的嘓嘓叫：「請問，您能做地瓜糖讓我嚐嚐嗎？」

郝奶奶笑瞇眼：「只要把我叫對了，就有地瓜糖吃。」

小金的眼凸得快掉出來，要叫什麼呢？「我知道您是神祕的怪奶奶。」

郝奶奶搖搖頭：「唔，錯了錯了。」做地瓜糖的奶奶既不神秘也不怪。「地瓜糖奶奶！」小金隨便說。「不對不對。」郝奶奶指點他：「你還是去看看書吧，怪怪村的故事裡有答案。」

小金嘓嘓跳走了，阿福問郝奶奶：「他真的會去看書嗎？」「我猜，他會先去找地瓜糖。」郝奶奶呵呵笑。「不，他會去問他爺爺。」布奶奶放下針線，她又縫好一條被子啦。

吃吃嘛青草餅

吃吃嘛青草餅

看過布奶奶玩針線布，每個人都想要有一件布奶奶做的玩意兒。聽過郝奶奶說故事，每個人都想多知道一些有趣事兒。郝布奶奶把故事縫進棉被裡，讓人做好夢一覺睡到天亮，壞毛病都沒了。那麼，布丁奶奶呢？她會些什麼怪招絕活？

「一定很會吃。」陳四斬釘截鐵說。

大家都搖頭。這個怪奶奶小小個子不像大胃王。

「一定很會做吃的。」陳四改口修正。

大家還是搖頭。怪奶奶做些什麼吃的，沒人見過聞過嚐過。

「你亂猜。」

「反正一定跟吃有關。」陳四仍然堅持。

他愛吃，什麼都吃，但吃什麼都只有一個味道：臭！

人家認為香的，他說臭；別人吃了說甜，他吃了覺得臭。酸醋、辣椒、苦瓜進了他的嘴裡，出來的是「臭臭臭」！

「你鼻子有問題！」

「你舌頭有問題！」

「你腦筋有問題！」

大家拿陳四沒辦法，只能批評他。

真的拿臭東西給陳四吃，他照樣吃光光。別人捏著鼻子躲遠遠，受不了沖天臭氣，他神色不改說：「臭。」稀鬆平常彷彿一點也不臭。

這村裡陳四也算一怪：他渾身上下乾淨整潔沒有怪味，卻有

「臭人」的名號。

人家慫恿他：去跟怪奶奶要一條棉被，蓋著睡一晚，說不定毛病就好了。

陳四翻白眼問：棉被能吃嗎？我有什麼毛病？

說不過他，又不想被他喊臭，遇到有好吃的食物大家不分給他，請客筵席自然也不招待他。

這一來，愛吃的陳四愈發嘴饞，見到什麼能吃的東西都不放過，只差沒有去搶小娃兒手中的食物。

聽說村子裡有這麼個怪人，郝奶奶笑：「好啊，能吃就是福嘛。」

布奶奶拈針穿線說：「不怪不怪，大家都有自己的感覺嘛。」

一天，娃兒小小拿著幾棵青草玩，村裡跑跑蹬蹬呵呵笑，正好遇到陳四走過來，小小就在他面前「咚」坐跌地上。

「喔唷，乖娃兒，快起來。」陳四蹲下身，小小撅屁股站直了，青草拿到他鼻尖：「吃吃嘛，吃吃嘛。」

「乖娃兒，你是說請我吃嗎？」陳四很感動。村子裡大家都嫌他，這漂亮可愛的小娃兒卻不怕不躲，還要請他吃東西！

「吃吃嘛，吃吃嘛。」小小趴到陳四身上脆嫩嫩的嚷著

「好，好，我吃。」一手摟著小小，一手把草往嘴巴裡塞，胡

亂咬幾口，那幾棵草就被陳四吞下肚了。

「乖娃兒，我吃完了。」陳四把口張開給小小看。拍著胖嫩小手，這娃兒也學陳四張開口。哈哈哈，一大一小兩個人都笑了。

小小拉著陳四回家去。看到白髮閃閃的布丁奶奶，陳四搖手又搖頭，忙著解釋：「我不是來求棉被的。」

「你錯了。」布丁奶奶不做棉被只做吃的。「我做了一樣點心，來嚐嚐。」布丁奶奶脫下圍裙進廚房，端了一盤綠綠的餅出來。

屋外頭陽光照得野草油亮亮，也把盤子裡的點心照得鮮綠光潤，陳四看著直吞口水。

「吃吃嘛，吃吃嘛。」小小又喊起來。布丁奶奶搬出板凳和高腳椅，三個人在屋門前曬太陽吃點心。

布丁奶奶剝開餅，一小塊一小塊餵娃兒吃。

陳四抓起餅不客氣就咬。第一個兩口便沒了，第二個多咬一口，拿第三個時，「我看，我看。」小小站在板凳上，掰過陳四的臉學他的嘴巴嚼呀嚼。

怕娃兒吃快了噎著，陳四硬是嚼了三十次才嚥下一口，再張開嘴給小小看。

這麼邊玩邊吃，布丁奶奶笑呵呵，餵娃兒吃完一個餅，陳四已經吃掉五個了。

小小拍拍手又拍拍肚子：「好吃喔，好香喔。」

陳四學他：「好吃，好香；餅好吃，這是什麼餅？」

布丁奶奶把剩下的幾個餅包起來，遞給陳四：「青草餅，帶回去慢慢吃。」

「好甜喔，好香喔。」小小滿足的在板凳上跳，笑哈哈模樣讓陳四也感染了快樂：「是很甜很香，謝謝您。」他滿臉笑容走回家，腦子裡都是「好甜喔」「好香喔」的聲音，連這聲音聽起來也讓他覺得幸福。

村裡的人發現，陳四不再說「臭」啦。他把「好甜喔，好香喔」掛在嘴巴上，瞇著眼合著手晃著腦袋，歡歡喜喜的說。那一臉幸福滿足的表情，讓人感動得趕快再拿出好東西來請他吃。

「臭人」沒了，怪怪村又少了一怪。

南瓜屋的怪奶奶

南瓜屋的怪奶奶

布丁奶奶果然很會做吃的，陳四說得沒錯。他自從吃過青草餅，再吃什麼東西都是香的、甜的，好好吃。

布丁奶奶微微笑：「他腸胃不好，吃下青草助消化，再吃什麼都有好味道啦。」她屋子前的那一大片野草原來都是藥草！

青草餅這麼神奇，村裡有人也學著做。問過布丁奶奶後，拔了藥草回家照樣動手，餅糰還在鍋裡呼呼睡，香味就已經溜出來了，一塊塊混著青草的脆粉餅糰，蒸好熟透放涼如同翠玉，油綠發亮，像鼠麴粿但更綠更亮，吃在嘴裡爽脆清香不油不膩。比起其他常吃的糕餅，這青草餅潤喉整腸，吃完之後全身毛孔都散出淡淡清香。

餅好吃是因為青草的關係嘛。有人這麼想，於是又來找布丁奶奶要幾棵青草回家種。

很快，村子裡幾乎家家都長了一片片一叢叢的草。大人小孩吃慣青草餅，臉上笑容多了，說話口氣緩了，吵嘴相罵的事兒少了。這餅和草，好處真多。

「郝布丁，好奇怪！」村子裡的人蓋過會做好夢的棉被，聽完神奇有趣的故事，又再吃了整腸健身的青草餅，對這位嬌小個子笑臉迎人的奶奶，越看越喜歡也越覺得她古怪。

想要找郝布丁奶奶嗎？怪怪村的人一定會說：「喔，南瓜屋的怪奶奶！」

她連住的屋子都跟人家不一樣！

沿著村子裡唯一的大馬路走到池塘邊，就可看到那顆橙紅胖肚子的大南瓜。坐在一大片青綠草叢裡的大南瓜，其實是座廢棄的超大穀倉，那原本是胡大虎祖父親手蓋的「古亭畚」。

「我們田多，收成的穀子多，要這樣大的穀倉才裝得下。」胡大虎搖搖頭：「可是現在不種田了，這穀倉用不到了。」

聽說他要賣穀倉，第一個來問價錢的就是郝布丁。「我要連前後土地和這穀倉一起買。」郝布丁對價錢沒意見，很快就成交。胡大虎以為這個老女人要拆掉穀倉，重新蓋房子建莊園。「你錯了，這房子真好，我要住進去。」郝布丁的決定讓村人議論紛紛。

「怪奶奶一定吃了很多跳蚤、蝨子。」「她的鍋裡一定煮著很多老鼠和蛇！」好像怪奶奶是童話裡的壞心腸老巫婆。

「那當然，穀倉裡最多這種東西。」胡大虎說。

誰知道，郝布丁買下它，重新漆上南瓜的金黃橙紅，開了許多窗戶，又加蓋一間斜頂閣樓，附上一座磨菇煙囪，最後還在屋頂做天窗，畫上南瓜葉。她教工人把穀倉變成一顆大南瓜！

郝布丁搬進屋的那天，轟動了整村子。

南瓜屋不但外表精巧可愛，吸引大家的眼光，屋裡也整潔寬敞，不只太陽喜歡進來坐坐，月亮也常來逛逛。夜晚躺在床上，閃爍的星星會隔著天窗打招呼。磨菇煙囪外一天到晚都有鳥雀守候，只要煙囪裡冒出煙、飄出香味，牠們就知道：怪奶奶已經把食物擺在窗台上，等著牠們去享用啦。

屋後是花園，有一座木橋橫過池塘。走過木橋就到村子狹窄卻熱鬧的巷弄，阿福、阿萱、小娃和其他人的家，都在那些小巷子裡。

大馬路盡頭，南瓜屋的另一邊是農人的稻田菜園，油綠綠的稻秧、亮橙橙的稻穗、各色各樣的菜蔬瓜果，都讓南瓜屋天天有美麗景緻。

破舊髒臭的穀倉換妝成為怪怪村最奇特的屋子，小孩子們愛這故事樣的妙房屋，天天吵著他們的爸媽：「我要去怪奶奶的家。」「我要去南瓜屋。」

喔，爸媽們煩得受不了：「去做怪奶奶的孫子吧！」嘴裡說煩，心裡卻偷偷想：「做她家的小孩一定很有意思。」

胡大虎有點後悔。把穀倉賣給郝布丁時，以為能賺點錢又丟掉一個垃圾，卻沒想到爛倉庫可以住人還可以變裝。「我一輩子都還沒住過這麼漂亮的房子！」他敲敲腦袋嘆口氣。

不管怎麼說，郝布丁把穀倉改造得很成功，大家都認為是胡大虎的功勞。東西放在對的人手上，才能發揮最大的效用，如果穀倉賣給別人，那肯定被折了或堆得更髒亂，怪怪村就少了好風景啦。

「我的功勞可大咧。」胡大虎洋洋得意。要不是這座穀倉留住了郝布丁，怪怪村不但少了好風景，什麼好吃的餅、好聽的故事、睡好覺做好夢的棉被，通通沒有啦！

好吃的夢

好吃的夢

「郝奶奶」，五歲的阿萱抱著小被子跑來：「我做了一個好好吃的夢！」

郝奶奶抱起阿萱，「好呀，是什麼好吃的夢？」

「我把它藏在被子裡。」阿萱把整團被子抱緊緊，怕夢跑掉了。

郝奶奶笑得合不攏嘴：「好啊，阿萱真聰明，給奶奶看看行不行？」

點點頭，阿萱伸出手，把被子團放到郝奶奶手上。

「唔，我也要把這個夢看緊，別讓它跑了。」郝奶奶從櫥櫃裡抱出一個金黃色，肚子圓圓胖胖的兩耳大鍋子，掀開鍋蓋把阿萱的被子放進去，蓋起來。

「現在，讓我來聽聽你做了什麼夢。」郝奶奶雙手不斷摩擦鍋蓋，鍋裡好像有音樂，郝奶奶把耳朵也貼到蓋子上。

聽一會兒後，郝奶奶直起身揉揉耳朵。「棉被告訴鍋子，你的夢裡有好吃的東西喔。」掀蓋拿出小被子還給阿萱，郝奶奶說：「我把你的夢留在裡

面。夢啊，只要在這鍋裡睡一覺，它就會把方法告訴鍋子，做出好吃的東西來。」

「它會變出我夢見的東西嗎？」阿萱抓著棉被問。

試試看就知道了。

郝奶奶叩叩鍋蓋：「讀夢鍋，讀夢鍋，請問好夢讀完沒？」讀夢鍋的兩個大耳朵同時叮咚晃，鍋蓋一掀一跳的，跑出一串彩色泡泡。

郝奶奶把彩色泡泡小心拿起來，總共十個，亮晶晶，神奇又美麗。

「我不是夢到這個！」阿萱驚訝的看著鍋子變出東西。這鍋子好好玩，可是，夢裡好吃的東西不是泡泡。

哎呀，郝奶奶只會說好聽的故事，想要好吃的東西，得找布丁奶奶才行唷。

繫上圍裙，拿起一隻黑黑長長的大木勺，布丁奶奶先沿著鍋子外圍輕輕敲：「變變變，讀夢鍋快快變，我要炊夢鍋。」整個鍋子左搖右晃後轉了三圈，鍋蓋安安靜靜不再掀跳。布丁奶奶又拿起黑木勺沿著鍋邊輕輕敲：「攪夢勺來了，攪夢勺來了，開開你的口，告訴攪夢勺，怎樣把好夢炊攪變熟？」

金黃大鍋的兩耳一上一下打拍子，跟著布丁奶奶的話語敲出節奏，鍋蓋斜斜撐開一個口。

小心把勺子伸進鍋裡，慢慢轉動黑木勺，布丁奶奶還要把剛才那十個彩色泡泡重新放入鍋。

「來吧，阿萱，請你把泡泡一個一個放進鍋裡去，心裡要想著你夢到的好東西。」布丁奶奶的邀請，讓阿萱眼睛亮亮，盯著鍋子。

攪夢勺轉呀轉，炊夢鍋開始冒蒸氣。布丁奶奶放下勺子，雙手摩擦炊夢鍋的胖肚子。「摩摩樂，擦擦樂，鍋子熱熱熱；摩摩樂，

擦擦樂，快快樂樂鍋子熱。」布丁奶奶唸起歌，一遍又一遍，直到鍋蓋噗噗跳，熱熱的蒸氣聞得出香味了。

「阿萱，你來幫它加熱。記得，要一直想著那個好吃的夢喔。」

高興的伸手貼在鍋子上，阿萱學布丁奶奶摩擦那熱氣蒸騰的鍋。咦，鍋肚子摸起來冷冷的！阿萱趕快用力擦，認真想著那個夢。可是又被炊夢鍋的神奇吸引住，眼睛看得發直，手就慢了、停了。

布丁奶奶不斷轉動木勺，等到鍋蓋開始唱歌：「好夢調成了，好夢調成了……」她才拿走蓋子。

熱熱的煙，香香的味道，一下子全飄散出來。阿萱大大用力的吸一口，哇，就是這個味道！

「別急別急，先給鍋子加熱。瞧，熱氣變少了唷。」布丁奶奶溫和的提醒阿萱，又放下勺子來摩擦炊夢鍋。

煙氣濃濃熱熱，香味也像牛奶糖一樣甜甜黏黏了，布丁奶奶雙手包住香甜的熱煙，捻捻搓搓，變出一枝細細長長的籤。

阿萱伸手要：「給我！給我！」

喔，還沒好哩。布丁奶奶把這枝籤往鍋裡插，轉啊扭啊，空氣裡的香味唱起歌來：「扭麻花，捲麻花，扭出奶油太陽花，捲出可可瓜。太陽花開成甜甜圈，可可瓜結出米花蛋，通通送給小阿萱，吃吃吃，哈哈哈。」

阿萱又跳又叫，拍著手喊：「我有聽到這個歌，也夢到好吃的米花蛋、甜甜圈，它們就是這樣唱！香香的，連歌都能吃……」

到底是什麼呢？

布丁奶奶舉起手，好吃的夢起鍋了。

哇，那枝籤變成扭扭捲捲的麻花，上面杵著甜甜圈，甜甜圈周圍掛著一個個水滴樣的巧克力米花，像朵笑容燦爛的太陽花！

糖葫蘆妙妙串

糖葫蘆妙妙串

胡大虎拿著一串南瓜糖葫蘆，坐在村子的涼亭裡，邊吃邊看熱鬧。

布丁奶奶在她的南瓜屋前搭了一座帳棚，帳棚頂豎起一個大米篩，米篩上一幅彩色繽紛的人頭像。

黃澄晶亮的糖膏吹出布丁奶奶的胖胖臉，黏著彎彎的香蕉眉，星形的楊桃眼、飽滿的蓮霧鼻、圓圓的蘋果頰、豐潤的辣椒唇，兩邊青梨子耳垂上，掛著鮮紅草莓耳環，滿頭白芝麻髮絲裡攙著幾縷黑芝麻，紫紅的桑葚髮箍亮晶晶。

喔唷，全部都是新鮮蔬果，好看又好吃！

怪奶奶不時搞出新花樣，今天，布丁奶奶是賣什麼東西呢？

小小拎著一顆嫩嫩綠葫蘆，清脆喊著：「吃吃嘛，糖葫蘆。」

嗄，糖葫蘆哪裡是這樣子？

小小把那芭樂大小的嫩葫蘆塞到說的人嘴裡。咦，葫蘆漬了糖，好吃！真的是糖葫蘆。

阿萱舉著一枝麻花籤，笑哈哈說：「好吃的夢葫蘆喲。」

欸，夢葫蘆可不是吃的吧？

阿萱送上麻花籤，濃濃的牛奶香引誘嘴巴開口咬。哇，好吃咧，先把巧克力米花蛋「卡茲」「卡茲」一顆顆吃完，再咬那「喀崩」「喀崩」的甜甜奶酪圈，最後，連那香酥脆的麻花籤也吃光光，什麼都沒留下。

還有沒有？再來一枝吧！

「去跟布丁奶奶要，她會做好吃的夢葫蘆。」阿萱拉著人來看布丁奶奶做妙妙葫蘆串。

剛出爐的糖葫蘆在阿福手上。「彩虹串葫蘆！」阿福蹦蹦跳，看到人就舉起手上的糖串來炫耀。

這是什麼怪東西？大家圍著看。

紅草莓、紫桑葚、白荔枝、青蘋果、綠棗子、黃香蕉、寶石藍莓、粉紅桃子、橙金桔、黑葡萄、紅珍珠蕃茄、黃綠星星楊桃片、赭紅李子，大的小的、圓的長的扁的，通通裹著黃澄澄亮晶晶的糖膏和果醬、花生醬、巧克力醬、芝麻醬，顏色好看味道更香，一樣樣躺在鍋裡盤裡等著串起來。

哎呀，這種色香味的挑弄真難抵抗，大家伸手張口不斷催促：「我要吃！」「我要吃！」「給我一枝，給我一枝。」

「多少錢？」「我通通買了。」

「只送不賣，想吃什麼自己動手串。」布丁奶奶說。

她忙得沒空了嗎？才不。

「自己做葫蘆串，才會跟別人不一樣。」

「自己配色自己調味，每個人都是大廚。」

聽了布丁奶奶的解釋，看的人不遲疑，擠在帳棚裡忙得不亦樂乎。

「布丁奶奶，我可以串成項鍊嗎？」小娃拉著布丁奶奶的衣角，小小聲問。

客人好多呀。前面有人問，後頭有人喊，布丁奶奶跟這個說話，跟那個指點，忙得真是沒空。

「能讓我串一條項鍊嗎？」拉拉布丁奶奶的褲腿，小娃又問。

墊起腳跟仰頭看，她的話有沒有人聽到呀？

一雙溫暖的手抱起小娃，是布丁奶奶：「來，用這條米線串，做你想要的項鍊。」

香香的米線可以拉長長，也可以穿透果子。拿著米線，小娃串起一整條紅珍珠番茄項鍊，布丁奶奶幫她掛在脖子上，打個結。

看的人都笑起來：「小娃，好看喔。」

拍拍手，這個主意確實不一樣。

於是，糖葫蘆、夢葫蘆、彩虹串葫蘆通通被比下去了，項鍊葫蘆之外，接著又有彈弓葫蘆、陀螺葫蘆、筋斗葫蘆、皇冠葫蘆、釣竿葫蘆……能玩又能吃，動手又動腦，笑聲一陣比一陣響，作品一串比一串新奇。

胡大虎也去做了一串南瓜葫蘆，他把想住南瓜屋的夢串進去，一口一口慢慢舔。更多人串好糖葫蘆後，就在街道上散步說笑，細細品嚐快樂的味道。

布丁奶奶笑呵呵，鍋裡盤裡的果子和糖膏甜醬一直都滿滿的，好像用不完。這些果子香又甜，有的爽脆有的軟嫩，糖膏和甜醬吃在嘴裡，都和果子同樣風味。

陶大娘來了好幾趟，她愛吃糖漬嫩葫蘆。「嫩葫蘆漬蜜糖，古早人的家常吃法，我小時候聽人說過，卻都沒有人會做，夢裡想一輩子，以為吃不到了，誰知道布丁奶奶也曉得這東西！」陶大娘眉開眼笑，跟人說起小時候。

糖葫蘆，妙妙串，把快樂串成長長一條街，串住每個人的夢，「嗯，做個好吃的夢，很幸福唷。」布丁奶奶笑瞇了眼。

怪怪村的園遊會

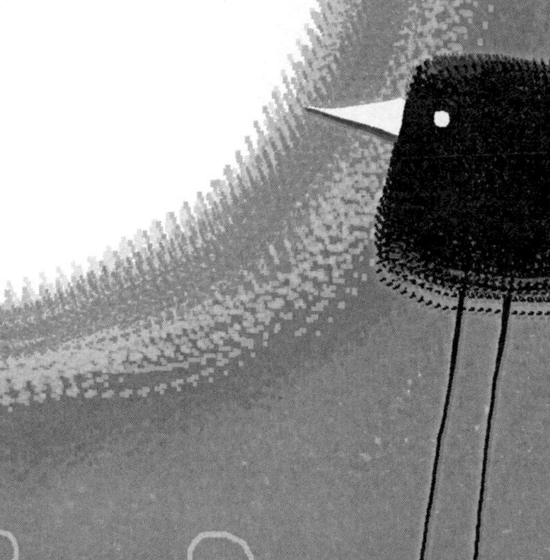

怪怪村的園遊會

怪怪村有個怪規定，每年村子裡第三個新生兒出生三日後，就是村子的三三日，這天要全村子熱鬧熱鬧。

慶祝什麼呢？「欸，三人就成眾，三口就有品，這當然要慶祝嘛。」

若是這一年出生的嬰兒不到三個呢？「那這一年就沒有三三日啦。」

沒有固定日期的三三日，村民自己擺攤辦園遊會，東西要賣要送都可以。

這習俗好，怪怪村多的是怪人怪東西，利用園遊會來搞怪，每個人都高興。

瞧吧。在滑梯上甩大陀螺，要讓陀螺一路穩穩溜下滑梯，這考倒了所有人，忙一天也沒幾個成功。

動手做紙捲喇叭，吹得響不稀奇，要吹得喇叭開出花。一朵花沒什麼，三朵五朵還可以，十朵花才了不起！這，紙要怎麼捲怎麼剪，學問多多唷。

腳踏車放手騎，獨輪車耍特技，這些都平常。有人騎來一部五輪車，五個輪子圍成圈，人坐在圓圈裡，踏板一踩，車子邊轉圈圈邊前進，四面八方的風景都看得見。大家搶著玩，騎到暈頭轉向還是笑哈哈。

吃的東西更多，炸玉米骨、酸辣冰淇淋、烤香蕉皮、咖哩豬血腸、蕃茄酥……想得出來的東西一樣也沒有，全是新研發、獨一無二的創意美食。

「好吃嗎？」「什麼味道？」攤子前每個人都這麼問。每樣食物都有人說「好吃。」「讚！」就是沒有人問：「這東西能吃嗎？」

在怪怪村，只有不懂吃的人，沒有不能吃的食物。總是帶給大家驚喜的怪奶奶，這回抱了一個大南瓜到處走。

「郝奶奶，你今天說故事嗎？」阿福跑過來問。

她搖搖頭：「嘴巴要休息休息。」

「布奶奶，怎麼沒拿針線來做玩意兒？」陶大娘奇怪的問。

她擺擺手：「手指頭兒今天打烊了。」

「布丁奶奶，今天你做什麼好吃的？」陳四很期待，可是她聳聳肩：「鍋爐今天都停火。」

哎呀，怎麼這樣呢？大家失望到極點。胡大虎不死心，直著腸子問：「郝布丁，你今天有什麼怪點子？」

怪奶奶拍拍手上的南瓜，笑呵呵：「照鏡子吧，照一照笑一整天喔。」

什麼鏡子可以笑一整天？

「我看，我看。」阿福搶第一，掀起南瓜蓋子往裡頭瞧。南瓜肚裡空空，欸，不對，裡面是滿滿的金光，閃亮耀眼，可是沒看到自己的臉。阿福抬頭問：「鏡子在哪裡？」

「鏡子在哪裡？」咦，旁邊有人學他說話。

轉頭看，他右邊一個阿福，左邊也一個阿福，三個阿福排排站！

阿福愣住了，旁邊的人也嚇一跳，隨後都笑起來：「哈，這魔術有意思。」

胡大虎不信：「什麼邪門鏡子，我試試。」他拿開南瓜蓋，把臉貼近南瓜張大眼，金光照得他睜不開眼睛：「哇，這麼亮！」

「哇，這麼亮！」聽見回

聲，胡大虎放下揉眼睛的手轉頭找，果然一左一右都是胡大虎！

阿福帶著他的伴兒一路跑一路笑，村裡人看得莫名奇妙。沒聽說他家有三胞胎，怎麼就多出兩個阿福來？

胡大虎躲到一旁手足無措，對著多出來的兩個大虎生悶氣。他嘆氣：「搞什麼呀？」旁邊兩個就也「搞什麼呀？」他氣得拍腿伸指罵：「我罵你們兩個！」立刻也被吼回來：「我罵你們兩

個！」他聳聳肩抓抓頭跺腳說：「完了完了。」另外兩個也這麼「完了完了。」倒把胡大虎逗笑了。

聽到消息來看南瓜鏡子的人，全都有了兩個貼身的伴兒。三個人時而並肩走、時而成直線，說話像在合唱。平日習慣打量別人，突然間身邊有人學樣，怎麼看就怎麼滑稽古怪。「喂，我哪是這模樣！」「我真的是這種德性嗎？」又笑又抱怨，也才知道自己有哪些怪動作、醜姿態。

阿萱舉著玉米風車來照鏡子。個兒小小的她把手舉得高高，人沒照到只照到風車，結果是一枝變成三枝。她高興得又把三枝風車拿去照鏡子，這下不得了，九枝風車小手握不住啦。看她雙手摟著大把風車，大家爆出一陣笑。

這個三三日，村子裡出現不少三胞胎。怪奶奶安慰村子的人：別擔心，過了這特別的日子，太陽下山後魔術就失效，一切都會回到原樣。

聽到這話，所有的人忙著做一件事情。猜猜看，是什麼事呢？

南瓜鏡的真相

南瓜鏡的真相

園遊會後，怪怪村每個人都有一張相片：自己的三胞胎合照。趕在南瓜鏡的魔術失效之前，他們忙拍照，留下這樣不會再有的影像。

看著照片裡完全相像又快樂奇妙的三個人，大家就又記起園遊會上那個變魔術的南瓜鏡。

「那個魔鏡」，不知從哪裡傳出來的謠言：「其實就是怪奶奶的南瓜屋，會把人複製成許多個。」

「郝奶奶、布奶奶、郝布奶奶，或是布丁奶奶、郝布丁奶奶，全都是這樣從魔鏡變出來的。」謠言這麼說。

不對呀，南瓜屋明明是胡大虎家的舊穀倉改建的，怎麼會是魔術？

「沒有錯！」趙五斬釘截鐵的說：「你們注意看她穿的襪子就曉得。」

襪子能看出什麼呢？

「她腳上的襪子會跟著稱呼變顏色。」

叫郝奶奶時，她穿白襪滾紅邊；叫布奶奶時，變成穿黃襪繡朵花；喊郝布奶奶的話，襪子變成紅色滾藍邊；若喊的是布丁奶奶，她腳上的襪子就變成花格子，都不一樣。

那，郝布丁奶奶穿什麼襪子？

「綠色！我看見她穿綠色襪子，像青草餅的綠。」趙五很肯定。他最注意別人腳上的襪子，什麼花色形狀質料都瞧個仔細，有時候還蹲下身，拉起人家的褲管看究竟。

為什麼要研究襪子？趙五也說不出原因，但只要他看過誰穿什麼襪子，腦海中就有那個畫面，記得清清楚楚。

「去她屋裡瞧瞧吧。」好事的人起鬨，幾個人真就來找怪奶奶。

布奶奶正在玩針線布，腳就擱在板凳上，一雙大紅襪子沒滾邊，繡著幾片綠葉子。

「布奶奶，您縫什麼呀？」王三問。

「襪子。」布奶奶沒停手：「會變色的襪子。」

她說得大家心裡突地跳一下。

布奶奶動動腳，李大發現她那雙襪子變成藍色加黃花了！李大扯扯趙五的袖子，趙五也看到了，正抓著頭疑惑哩。

「您的襪子怎麼會變花色呢？」忍不住開口問的趙五，老毛病又犯了，他湊近前摸布奶奶的襪子，端詳好久。

笑嘻嘻由著他摸摸看看，布奶奶放下針線布：「來吧，這雙襪子送給你，好好研究研究喔。」

剛做好的棉布襪子輕柔光滑，褐色底布繡了花草，趙五的手指順著圖案摸過，花草居然變成瓜果，褐色也改成黃色。

大家看得驚奇，都來向布奶奶要襪子。

搖頭說不：「布料用完了，等我織好布才能做襪子。」布奶奶說。

「我去買布給您。」陳四往外走。

「不行不行，這種布料買不到，得我親自動手織出來。」

這話提醒王三，他把屋裡瞧了又瞧：「郝布奶奶，人家說你會變魔術，這屋子就是那個南瓜鏡，會把人變出三胞胎來。」

哈哈，郝布奶奶忍不住笑：「錯了錯了，那個南瓜鏡是太陽變給我的。」

從櫃子裡抱出一個金黃色圓肚子的兩耳鍋，郝布奶奶像在說故事：

我做夢。夢裡頭我問太陽：「你的金光能變出什麼樣的驚喜？」

「熱情的光本身就是驚喜。」太陽和藹的說：「至於變魔術嘛，大家都可以試試。」他拿出一面金光閃閃的小圓鏡交給我：「它會讓大家留下深刻印象。」

夢醒了，手裡真有個發光的小鏡子！可是怎麼用呢？太陽卻沒教我。

握著小鏡子，我想：「好東西總是受歡迎，快樂的事情應該分

享。」於是我把這個小鏡子放進兩耳鍋。

「讀夢鍋，讀夢鍋，讀讀我的夢，聽聽我的歌。魔術正在你肚子裡炊熟，歡樂就要起鍋，把笑聲帶到大家心頭。」我這樣唱，呼喚鍋子醒來，可是鍋子冷冰冰沉睡著。

太陽來了，摸摸兩耳鍋，溫柔的說起咒語：「熱起來！熱起來！好鍋子要熱情如火才能做出歡喜好味道！」他的光烘軟了鍋，把它變成一個金黃南瓜。

「多可愛的鍋子呀！」郝布奶奶的故事說完了。

她嘆口氣摸摸兩耳鍋：「可惜隨著魔術消失，它又回到這樣子了。」

「真正會變魔術的在那兒呢！」郝布奶奶指指天空。

大家抬起頭，白亮耀眼的光裡，太陽呵呵笑：「好魔術讓人懷念啊。」

風ㄈㄥ箏ㄓㄥ爬ㄆㄚˊ上ㄕㄤˋ樹ㄕㄨˋ

風箏爬上樹

村裡的孩子們放風箏，跑跑笑笑，心跟著風箏飛上天。

風箏在天空翻筋斗、轉圈圈，一忽兒衝高一忽而降下，孩子們扯著線，被風箏捉弄得手酸腳酸，欸欸喔喔叫個不停。

郝奶奶把南瓜屋的地板擦得亮晶晶，放下拖把，她抽空看看外頭。

今天的風有點懶，撥撥幾片樹葉，拉拉幾綹髮梢，聞聞幾簇花朵，壓壓幾叢青草，最後乾脆躺在南瓜屋的斜頂上曬太陽。

「起來起來，你不動，孩子們的風箏怎麼辦？」郝奶奶提著水桶拖把來到閣樓，探頭伸出窗外朝屋頂喊。

風曬得暖呼呼，翻身坐起來：「郝奶奶，風箏說他們想玩別的。天上衝來撞去沒意思，讓他們爬樹好不好？」

「好啊。」郝奶奶笑咪咪，她最愛說「好」。幾隻風箏於是朝池塘邊的大龍眼樹飛過來。孩子們扯緊了線不給它們亂跑，風箏用足力氣想抓攀樹梢，偏偏被線給綁手綁腳沒法兒掙脫。

「咳，不飛了。」風箏們很洩氣，軟塌塌左飄右晃，鼓不起勁，漸漸往下落。

「喂喂，起來。」風跑過去扶住風箏，孩子們也趕忙鬆了手中的線。「咻！」風箏們一下子竄高起來，精神飽滿的又撲向龍眼樹。

爬樹嘍！風箏們高高興興在枝葉裡鑽繞，一層一層往上攀，才飄上幾呎又被扯緊動不得啦。

「討厭！」風箏們抱怨，孩子們也抱怨。這回不讓風箏飛的，是龍眼樹。

「討厭，你的線割破我的皮肉了。」龍眼樹氣呼呼抱怨

風箏線捲在枝條裡糾纏不清，孩子們

拉拉扯扯反而割下樹葉，風箏們扭扭擺擺，又差點兒被樹枝戳破身體。

聽到一堆「討厭」「討厭」的叫聲，郝奶奶走出屋外看。風箏被龍眼樹搶走了，小中抱著龍眼樹蹬高身子，要爬上去拿風箏。

郝奶奶笑呵呵。爬樹，好！

小中滿頭汗，紅著臉蛋用力蹭上枝椏。朝下看，自己站在大伙頭頂；抬起頭，南瓜屋的閣樓就在正前方。轉過身，哇，居然看見遠處陶大娘在她家門口挑菜葉！

「小中，快把風箏拿下來呀。」孩子們喊。小中趕忙再往上爬：「好啦好啦。」

樹上有好風景，難怪風箏要來爬樹。它們掛在枝條還是很快樂，晃悠悠的不想離開哩。

「我要在樹上看風景。」「讓我們爬樹嘛。」「解開我，我要往上爬高一點。」風箏們跟小中搖頭擺手，吵得唰唰響。

「下來下來。」小中解開糾纏的線團，把風箏一隻隻垂放下來。

重新起飛的風箏又想爬樹。孩子們正要叫嚷，郝奶奶主動接過阿福手中的風箏線：「爬樹嘍，會爬樹的風箏才是一等一。」

郝奶奶舉起胳臂，左右搖前後擺，像在跟風箏打招呼。跨右腳上前一大步，曲著膝蓋拉弓射箭一般，兩手抓住線扯啊放啊，腰跟著扭轉，立起身收右腳，很快左腳橫踏出半步，手裡的風箏線繃緊得活似兩把劍。

孩子們看傻眼，吱吱咯咯笑，這不是放風箏，是在跳舞啦。

爬樹嘍！風箏攀著龍眼樹葉一層

一層飛高。樹葉爭著伸手要拉它：「讓我抱抱。」「帶我去飛。」剛才被割扯的疼痛和討厭都忘了。

風箏推開樹葉：「少來少來，我要飛到樹頂梢。」從來沒有人能穩穩拉住線，送他到樹上一層層鑽鑽繞繞，刺激又好玩。

「是誰這麼厲害？」樹葉們互相問。

「神秘的怪奶奶為你抓穩了線，就像經驗豐富的老舵手，讓船在海上平穩航行。放心飛吧！哈哈，爬樹的風箏，多厲害！」風興奮的貼著風箏大聲說。

還可以再飛高嗎？樹冠頂梢，藍天白雲等著擁抱風箏。「我還要再爬上去！」風箏昂起頭。

「去吧，去吧，大膽飛上去，沒什麼好怕的。」郝奶奶笑呵呵，姿勢換個不停。剛剛她才趴在地上連滾好幾翻，險險的把線扯開，避過一根斜突出來的樹枝。現在，她又劈腿下腰，忙著收線轉向。

孩子們看風箏也看郝奶奶，飛高高爬樹的風箏讓他們驚奇得哇哇叫，可是，靈活操控風箏線的郝奶奶肢體動作更吸引人。

興奮的叫聲和爬樹的風箏把大人們也叫喚來了。頭一次見到穿飛在枝葉裡的風箏，大家盯著郝奶奶靈活敏捷的身手，忍不住喝采鼓掌。

這絕對不是魔術！放風箏得靠真功夫，郝奶奶，好厲害！

今天你練了沒

今天你練了沒

花白頭髮的郝奶奶能在地上翻滾，腰腿有力眼睛明亮腦筋清楚，這是怎麼做到的？

「郝奶奶，您都吃什麼補身體？」陶大娘好奇得很。人都會老，可是想老得青春有活力，一定要保養，吃的東西應該很講究吧！

「郝布丁，你練什麼功夫嗎？」胡大虎也來打聽。一般花拳繡腿騙不過他的眼睛，這老女人肯定練了功夫！

張二直截了當說：「郝奶奶，你教我們放風箏吧。」各地風箏只會在外型上比心思，郝奶奶放這種有創意高難度的風箏爬樹，保證轟動全世界。

郝奶奶用心想了想：「我不講究吃什麼補品，也沒學武打功夫，放風箏全靠臨機應變。不過，我跟一個印度老和尚學了點健身體操，歡迎大家一起來練習。」

胡大虎和張二失望的搖搖頭，體操有啥好練的？倒是陶大娘興致高，第一個報名。

才練一個星期，村裡的人就看見陶大娘拿掃把掃馬路，手勁足腳力強，動作大速度快，是跟從前不一樣了。

「陶大娘，你當清潔工啦？」隔壁張爺爺看著奇怪，馬路髒怎麼該老人家去掃呢？

「我在練操。」陶大娘掃得很開心，手掌、胳膊、肩膀、腰背、腿臀，每一處肌肉和關節都動到了。

「掃馬路最好，邊走邊動，練身體又做公益，身體心裡都快活。」陶大娘把郝奶奶教的轉送給張爺爺。

印度老和尚教人掃馬路嗎？張爺爺從鼻孔裡嗤嗤哼哼，很不屑：「欸，陶大娘，莫被唬啦。要掃，自家屋子多掃幾遍不會嗎？」

「屋子哪有馬路大呀？憋在屋裡也不舒展，就是要走出去，到馬路上操練才夠看。」陶大娘繼續掃。

兩個星期過去，陶大娘完全變個人，臉色紅潤眉開眼笑，身上原有的老人暗晦氣掃掉了，再不是顫巍巍、風燭殘年的老態。

親眼看見陶大娘爬樹摘龍眼，張爺爺心頭嚇得怦怦跳：「喂，陶大娘，你是風箏嗎？被郝奶奶放到樹上了喔。」一把年紀還能爬上樹，真了不得。

「我是老猴子啦。」陶大娘俐落下了樹，眼睛發亮口氣輕鬆，開自己的玩笑。她連說話都變年輕了。

印度老和尚教人做猴子呀！

聽說陶大娘掃馬路掃到樹上去，村子裡多了個吃飯配菜的話題。

是老番顛嗎？老人孩子性，一把老骨頭還要假少年，糟糕喔。

要練身體也要顧筋骨，爬那麼高，摔下來怎麼辦？

風箏摔壞了可以重新做，咱們人體去哪裡找零件來換？真不要命！

這些話張爺爺閉嘴聽。陶大娘練操好處多多，他再清楚不過。「我也要練你這種操。」走進南瓜屋見到郝奶奶，他劈頭就這麼說。

老公公也練操！村裡又是一陣譁鬧。幹嘛不服老呀？閑閑等著吃飯有什麼不好，就要弄這麼多花樣來搞……

張爺爺不吭聲，仔細把郝奶奶教的重點一一做到。手掌腳掌都有筋絡，越活動越通暢；骨頭要硬、關節要軟，動作要踏實完整；

慢慢來，心眼和氣息要配合，垃圾掃掉，雜念也要清除。

一個月後，張爺爺的皮膚跟他掃的馬路同樣光潔，皺紋斑點都不見，手不抖腰不垮腳不酸。每晚睡前他還要出門一趟，散步嗎？

「爬樹！」

噢，又一隻老猴子！

「不，我是貓頭鷹。」他挑暗裡爬樹，眼睛看得更亮，手腳觸覺更敏銳，還能聽見樹的呼吸。

練操真有這種神妙功效

嗎？村子裡的人嘖嘖叫奇，一個接一個上門跟郝奶奶學做操。

「好好好，大家一起來。」郝奶奶笑得跟太陽一樣溫暖。

像風吹過稻秧，水流過青草，練了操後，大家都覺察身體裡有變化，像睡醒的土地正在開始新的生命。

村子的馬路不夠這麼多人掃，只好分時段路段輪班。馬路被掃掉一層皮，實在沒垃圾塵土可清理，有人自編掃把操「掃空氣」，有人掃牆壁水溝，也有人掃到別村子的馬路去。

樹當然也不夠全村子人爬，就有人改爬屋頂、爬竹竿、爬電線桿，大家練出敏捷的身手也練出快樂心情。

走進怪怪村，到處乾乾淨淨，隨時有人掃馬路。抬頭瞄，每棵樹上都有幾條身影。再聽聽他們打招呼：「今天練了沒？」練操，比吃飯還重要！

通通在這裡

通通在這裡

蔡嬸婆娶媳婦，在村子裡請客。全村人幫忙搭棚子、擺桌椅、拉電線、掛燈泡。客人真多，除了村裡人，還有別村子過來的蔡家親戚。

開席前，趙五把每一桌都走過一遍。人家以為這是幫蔡嬸婆配送飲料茶水，順口吆喝他：「喂，來一罐柳橙汁。」「這桌沒烏龍茶。」

「好。」趙五真就幫忙拿來。趁這機會，他把所有人腳上襪子瞧個清楚。哈哈，村裡的人全趿著拖鞋；腳上鞋襪整齊的，臉孔都陌生。

竹篙炮大聲唱起「開動」歌，上菜嘍。趙五盯著桌上碗盤，想的是各種襪子花色；人家嚼的是山珍海味，他卻好像吃進一雙雙襪子！清蒸石斑夠鮮美，可是上頭鋪著蔥絲、辣椒絲，綠綠紅紅，像極一位小姐穿的格子網襪。趙五舀了一碗翠玉羹，捧到嘴邊他又想起，有個小妹妹就穿這種鮮綠色襪子！

「好香啊，真好吃。」陳四勸趙五：「別想襪子了，專心吃菜吧。」

正要拋開襪子好好享用蹄膀肉，突然見到前頭幾桌客人接連站起身。

「有兔子。」「老鼠啦。」「不對不對，是狗仔。」「應該是貓喔。」七嘴八舌的話還沒聽懂，又有聲音喊：「嘿，跑到你們那邊了。」

看人家指過來，陳四趙五慌忙問：「什麼？」「在哪裡？」整桌人低頭找，一團黑呼呼東西咻的鑽進桌底下，胡衝亂竄又溜往別桌。

兩個人搶上來要捉牠，差點撞倒桌子。「失禮失禮。」小東西這桌跑過那桌，兩人又追過去。

那到底是什麼呢？沒有人敢肯定。

李大匆匆走來，陳四攔住他問：「什麼事啊？」

「新娘子陪嫁的寵物迷你豬跑了。」李大像在宣佈事情，講得特別大聲。他拉著陳四和趙五走出棚子：「咱們去幫忙找。」

是豬啊，可別跑到辦桌師傅那裡喲！豬當陪嫁呀，真有趣。蔡嬸婆未抱孫子先抱豬仔子，哈哈……笑聲裡，沒人注意到李大和陳四、趙五說的悄悄話。

「有人故意驚嚇那隻豬，趁亂混進場子來。」李大邊走邊說。

「就是那兩個人嗎？」陳四抓抓頭：

「剛才沒注意看。他們想做什麼？」

蔡嬸婆也弄不清楚，又怕有誤會，尤其新人大喜日子，更不希望惹麻煩，只要把豬找回來，沒事就好。

「那兩人襪子都短到鞋口，一個穿紅襪，一個是黃襪。」趙五衝口就說。

「那好，大家分開找。」李大又招來幾個村人往各處去看，陳四和趙五留在村頭路口盯著。

宴席結束，趙五和村人站在路中間揮手彎腰送客人，順勢看他們腳上的襪子。

「再來玩啊。」「有空常來走走。」「隨時來坐坐嘛。」送走好幾批客人都沒發現，會從稻田那邊跑了嗎？

又來兩個人推著一部機車。車子發不動，是沒油了還是電池沒電？陳四幾人趕緊來關心。

「咳，鑰匙掉了！」牽龍

頭的口氣懊惱，後面推車的也沒好氣：「有夠衰！」

「咦，你們的豬呢？」

突然聽到趙五這麼問，那兩人支支吾吾：「喔，豬啊……」

「嗯，豬……豬……」

陳四跟其他人機警的圍過來，車尾那人退兩步轉身就跑回村裡。掌龍頭的人也要跑，被擋住了。掙扯間他的鞋被踩掉，剩一雙襪子紅通通。

大夥兒把人揪著，連同車子

轟轟嚷嚷帶回蔡嬸婆家。咦，這兒也鬧哄哄的。

村裡很多人吃完喜酒回到家，發現屋內亂糟糟，被偷啦。蔡嬸婆臉上愁雲慘霧，豬仔雖然自己跑回來，收放禮金的抽屜卻被撬開，所有紅包全沒了。

機車客當然有嫌疑！正要問他話，小豬仔不斷呶嘴撓蔡嬸婆的腳，牠咬著一串車鑰匙。

「不會是這人的吧！」新郎拿起鑰匙往鎖孔插，不但車子能發動了，連置物箱也「搭」的彈開。

「在這裡，在這裡！」李大和胡大虎拖著一個哀哀嚎叫的人走進來，沒穿鞋的腳上一雙黃色襪子活像鴨掌。

「他躲在樹上，張爺爺爬上樹時把他嚇得失神跌下來。哼，作賊心虛！」李大揚起手裡拿的布包：「這是他在咱們村裡偷的東西。」

「在這裡！通通在這裡！」蔡嬸婆歡天喜地叫起來。紅包禮金就在那個機車置物箱裡面。

喔，抓到賊了！全村子人高興的喝采鼓掌，這一晚實在有夠幸運。啊，不對，這一晚，兩個小偷實在有夠倒楣！

為什麼做惡夢

為什麼做惡夢

這一陣子，怪怪村裡很多人睡不好。他們被惡夢糾纏著！好夢讓人睡得舒服，一覺醒來已經天亮，夢也跟著消失，起身後心情很愉快。做惡夢就慘了，夜裡睡不安穩，想要逃脫夢境又醒不過來，驚嚇擔憂到天亮起床，整個人心神不寧，腦子昏沉沉，一直打呵欠。

「郝奶奶，我連著七八天都做惡夢。」

「蓋了你縫的會做好夢的棉被也沒用。」

「我也是，本來都很好睡，這些天老是被惡夢嚇醒。」

「跟我一樣……」

怪啦，做惡夢會傳染嗎？越來越多人找郝奶奶訴苦，難道做好夢的棉被失效了！

這種事情太不尋常。大人小孩全家都做惡夢，也不只一天兩天，還一家接著一家都如此，郝奶奶覺得有問題。

「把你的棉被拿來我瞧瞧。」郝布奶奶跟也做惡夢的阿福說。

仔細看過棉被，布奶奶拈起針線，在棉被上繡了一朵藍紫色的五瓣花兒，粉紅花蕊黃橙花粉，好美呀，彷彿甜甜花香就要飄出來了。

「今晚蓋著它睡，試試看，還會不會做惡夢。」布奶奶交代阿福：「明早再把棉被拿來讓我瞧瞧。」

有效喔，阿福好好睡一夜，什麼夢也沒做，睡到上學差點遲到。

「郝布奶奶，謝謝你。」抱著棉被衝到南瓜屋，阿福跑出滿頭汗：「我把棉被拿來了。」

郝布奶奶正等著哩。

藍紫花兒的花蕊上有個小點，布奶奶用針細細挑，花了不少時間，那小點變成一隻奇形怪狀的蟲子。

「好呀，原來是你！小傢伙，你怎麼來的？」郝奶奶抓起這隻

螞蟻大的怪蟲，放進玻璃罐裡關住。

娃兒小小在屋外玩家家酒，南瓜屋內只有郝布丁一個人，風和鳥兒卻聽見三種口氣在對話：

「我想得沒錯，果然是這麻煩東西。你們說，現在怎麼辦？」

「好啊，當然是由我來繡上迷蟲花，一隻一隻的抓。」

「啊不，行不通！惡夢蚤長得快又會傳染，我們要比牠更快才行。」

明明是同一個聲音，聽起來卻像是三個人。風再仔細聽聽：

「消毒消毒吧，有大太陽就行。」

「不錯不錯，曬一曬煮一煮，這些蟲子哪兒也躲不了。」

「喔，那麼就看我的啦。」

咦，這會兒聽起來又確實是郝布丁在自言自語。兩隻鳥兒飛進來，見到怪奶奶彎腰從櫥櫃裡抱出金黃圓胖的兩耳鍋子。

「煮什麼？煮什麼？」麻雀啾啾問。

「巧克力，巧克力。」白頭翁啁啁亂猜。

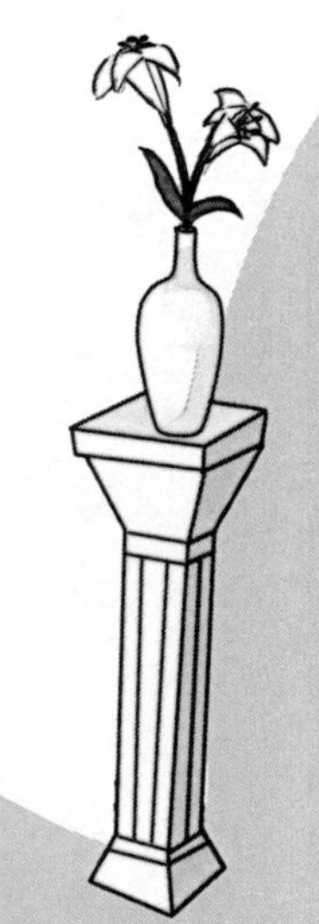

被鳥兒逗笑了，郝布丁拍拍兩耳鍋：「欸，這回要煮出什麼呢？咱們得好好想想。」

玻璃罐中的黑色怪蟲讓村人很疑惑：這是跳蚤嗎？是蝨子嗎？牠不是螞蟻嗎？

「能跑進夢裡使壞，吃掉所有香甜好夢的這東西，叫做惡夢蚤。也許住在枕頭棉被，也許躲在頭皮或身上汙垢，跑來跑去到處下蛋，跟頭蝨跳蚤沒兩樣。」郝奶奶像在說故事。

想不到世界上還有這種讓人做惡夢的蟲！「牠會傳染嗎？」很多人問。

當然會囉，所以才有這麼多人接連不斷做惡夢。「得先設法把惡夢蚤抓住，不讓牠到處跑，才能除掉這麻煩。」

郝奶奶把村人拿來的棉被一條條攤開，布奶奶手拈針線不停繡花朵。

「這是迷蟲花，專門吸引惡夢蚤。夢裡頭這種花散出甜甜香味，不管惡夢蚤躲在哪裡都會過來吃花蜜，然後就被黏住跑不掉了。」布奶奶玩針線，郝奶奶說故事，郝布奶奶心好手巧，把各人的棉被都繡上迷蟲花。

「蓋上它，好好睡，補補眠。」郝奶奶細心叮嚀著：「今晚先

把蟲抓住了，明早再拿棉被來。」

咦，再拿棉被來做什麼？「迷蟲花的效力只能維持一天，到第二個夜晚就不香了，惡夢蚤還是會出來作怪。」郝奶奶耐心解釋。

喔，明天她會再幫大家繡新的花朵上去。抱著棉被

回家，村裡人都這麼想。

這一晚果然沒有惡夢再來搗蛋，每個人呼呼睡到天大亮，太陽來叫起床。

看看被子上的迷蟲花，沒有蟲啊！是不是吃完花蜜就跑了？怪奶奶有沒有說錯呀？

夢ㄇㄥˋ鍋ㄍㄨㄛ夢ㄇㄥˋ勺ㄕㄠˊ來ㄌㄞˊ除ㄔㄨˊ蚤ㄗㄠˇ

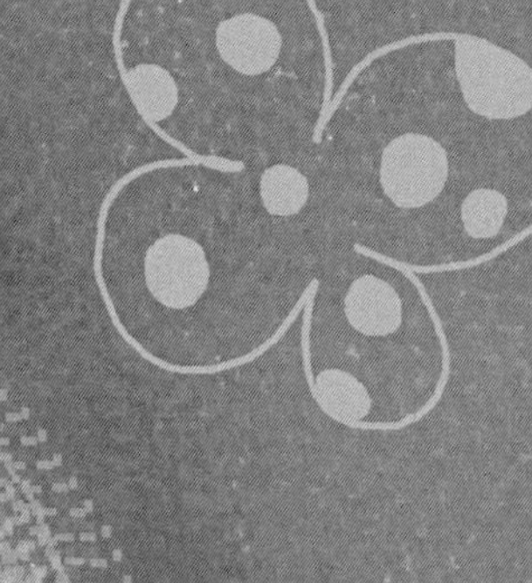

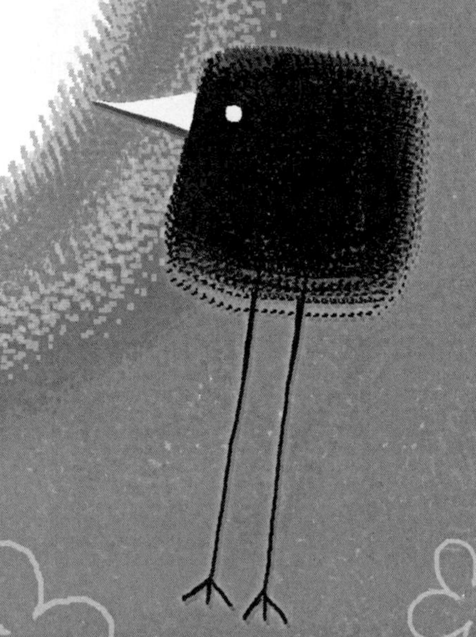

夢鍋夢勺來除蚤

拿著被子又來南瓜屋。「郝布丁，惡夢蚤跑了，你再繡花吧。」胡大虎嚷著。

「不繡花了，惡夢蚤要下鍋煮才抓得到。」布丁奶奶笑呵呵，她已經把兩耳鍋擦得金光閃閃，黑色長柄木勺橫放在鍋蓋上。

「來來來，先把被單摺成小餛飩。」布丁奶奶招呼大家。

拆下來的被單摺成小方塊，像包餛飩樣再捲裹成一個個小顆粒。

「欸，鍋子裝不下吧。」張爺爺搖搖頭。

「沒問題，沒問題。」布丁奶奶詳細說明：「我請太陽再來變魔術，鍋子會變大，你們只要記得幫忙把鍋子加熱。」

「記得喲，心裡要想著做惡夢的事，把你們睡不好覺的事情跟這口讀夢鍋說清楚。」

布丁奶奶特地把「讀夢鍋」一字一字慢慢說。所有棉被餛飩倒進鍋，壓得結結實實蓋好蓋子。「把手貼緊鍋肚子，專心想自己的夢。」布丁奶奶說完，抬起臉問太陽：「你的金光帶來熱情了嗎？」

「當然，當然。」太陽和藹的笑，伸手撫摸每個人，最後他把眼光留在讀夢鍋上：「啊，好鍋子！熱起來，熱起來，好鍋子要熱情如火。」

陽光照耀下，鍋子閃爍金光。布丁奶奶雙手摩擦讀夢鍋的大耳朵：「讀夢鍋，讀夢鍋，打開你的耳朵，聽聽棉被

怎麼說。」

讀夢鍋的蓋子動了，很慢很慢的轉。王三偷偷數，他深呼吸五次蓋子才順時鐘轉一下。

「盡量把手貼到鍋肚子上，摩擦鍋子。」布丁奶奶提醒每個人。原本冰涼的鍋子漸漸溫熱，陳四發現手掌下的鍋子一點一點膨大，阿福和阿萱的小手這時也都加進來貼住鍋子。

從起先轉一下停一下，到前進一下退後一下，讀夢鍋的蓋子現在變成前進兩次退後一次。

鍋耳朵開始叮咚叮咚晃。

「快，用力摩擦鍋子為它加熱。」喊完，布丁奶奶拿起黑木勺敲打鍋蓋：「變變變，讀夢鍋快快變，我要炊夢鍋。」

轉動的鍋蓋停下來，鍋耳朵一上一下打拍子，布丁奶奶跟著敲：「攪夢勺來了，攪夢勺來了，打開你的口，讓攪夢勺跟著你炊煮惡夢蚤。」

鍋蓋斜斜撐開一個口，布丁奶奶把長柄黑木勺伸進去，轉動勺子。已經變大的鍋子，這時大到可以讓一個大人進去游泳了。陽光照在鍋肚子上，竟然清楚看見裡頭幾十顆棉被餛飩飄浮飛轉著。

鍋子變透明了！

「快快加熱，快快加熱。」布丁奶奶的聲音充滿魔力，每個人不自覺把手貼到鍋子上用力摩擦。

啊呀，出現了！轉得飛快的棉被餛飩像冒泡一樣，吐出一個又一個細小黑色的東西。攪夢勺轉啊攪啊，小又黑的惡夢蚤越來越多，浮在棉被餛飩上頭像一大片烏雲黑影。牠們推推擠擠爬來鑽去，小娃跟阿萱看著噁心，起一身雞皮疙瘩，小中也不禁打了個寒顫。

「別怕別怕。」布丁奶奶擱下黑木勺去廚房裡端來一隻大湯桶。她呼喚兩耳鍋：「炊夢

鍋，炊夢鍋，請問我們的夢煮熟沒？」

炊夢鍋的蓋子噗噗跳，冒出來的熱氣唱著歌：「蟲兒要睡了，蟲兒要睡了，吃香香，睡甜甜，種到土裡它們會是好寶貝。」

聽到這歌聲，布丁奶奶趕緊掀開鍋蓋，把所有浮在上頭亂動的惡夢蚤都舀入湯桶裡。

「吃吃吃」、「嗤嗤嗤」，像精靈嘻哈笑鬧，又像油鍋炸東西，一陣細碎清脆的響聲後，大家聞到桶子裡發出濃濃的油酥香。是什麼好吃的？油炸蚤子嗎？

陳四伸長脖子去看，是一桶糖膏，有芝麻香、花生香、杏仁香、麥芽糖的香，哇，一定好吃。

一隻隻小黑蚤鑽進甜香黏糯的糖膏裡，笑哈哈的吃個不停動個不停。

「吃香香，睡甜甜，蚤子消失寶貝來。」布丁奶奶雙手握著黑木勺，在湯桶裡用力攪拌，直到小黑蚤都沉入糖膏不見了才停下手。

陳四吞吞口水問布丁奶奶：「那些蟲呢？糖膏可以吃嗎？」

嘿，別笑他嘴饞，很多人聞著好味道肚子都餓了，也想問呢。

「應該沒有糖膏了吧！」布丁奶奶請他們自己看。

大家爭著往湯桶裡瞧。桶子裡是一顆顆圓嘟嘟黑溜溜的豆子滾啊轉啊，哪有黑跳蚤？哪有糖膏？

布奶奶的織夢梭

布奶奶的織夢梭

布奶奶織的布獨特極了。

老舊的織布機前，她抓著金色半圓形梭子專注擺動。五顏六色的細絲隨著經棒和緯棒的配合，在織布機上頭轉身跳舞，漸漸變成布出現在布奶奶手中。

太陽最喜歡看織布。把玩著那隻金色梭子，喜歡變魔術的太陽將奇幻彩光放進去，每當織出圖案花色時，太陽就悄悄為它們加上一點變化。「哈哈，像美麗的夢一樣，看過就忘了。」太陽告訴布奶奶。

美麗的夢最好還有月亮溫柔呵護，所以，布奶奶織布也要利用夜晚。金色梭子映著月光，亮晶晶，好像彎弧的鏡，月亮總要摸摸梭子輕聲叮嚀：「把歡樂笑聲織進去，把日光月華織進去，把希望祝福也織進去；織出好夢，織出奇妙世界。」

月亮的銀光當然也跟著梭子在彩線裡進出，和太陽的金光一樣，為織成的布添入魔幻流霞。

受到太陽和月亮關愛呵護的金色梭子，有個美麗的名字：織夢梭。

織夢梭把金光銀光混入各色細線，只要拿它爬梳過線團，這些

線就有了歡愉的夢幻色彩，隨時能聚合成美麗的布。太陽月亮的撫玩碰觸，給織夢梭更多神奇力量，只要它在織布機上穿過壓實過，織成的布就可以用來縫製會做好夢的棉被，做成會變花色的襪子。

甚至只要拿著織夢梭，心裡想著的影像就會被它捕捉、組合成完整的情節。當然，它們也全都是快樂美好的夢。

不過，這個奧妙，黃木頭用眼睛看不出來。黃木頭愛搞發明，一輛五輪車轟動全村；枝枝相連的樹也是他的傑作，可以從村頭爬到村尾都不下地。稀奇古怪的事兒他最愛，怪奶奶的怪讓他很感興趣。

南瓜屋裡的東西他摸摸碰碰，每樣都仔細研究。拿起織夢梭隨口問：「這是什麼？」布奶奶告訴他：「梭子。」握了一會兒，他放下梭子若有所思的回家去。

「有夢！有夢！」黃木頭離開後，織夢梭直起身子扭一扭。

「哦」，布奶奶笑了：「你把他的夢織補好了嗎？」「好了，好了。」織夢梭搖著它月眉樣的背，像哄嬰兒的搖籃般搖啊搖。高興時它總是這樣。

黃木頭心裡是有個計畫。

他設計打造，做出一架背著走的織布機，還到處找材料，把樹皮用石頭砸、磨子碾，粗粗分、細細剝後，弄出一團線。樹皮質地硬又粗，他把這團樹皮丟到大鍋裡煮，直到它們變成褐色柔軟的線團。黃木頭拿這線，背著織布機邊走邊織布。

「發明，就是搞怪！」他不怕人家笑。

機器上的布引來別人圍觀：「洞洞布。」「太重了！」「透風又透光。」「粗布，粗人做粗活。」「織得不夠細密。」

真是的，粗手粗腳的東西，這種也敢叫做布？欸，發明就是做別人沒有的，創新有變化才有意思，怪奶奶不就怪在別人不曾有過她那些東西和點子嗎？黃木頭不死心，繼續研究嘗試。

人家說了什麼缺點他就改進，到最後，織出來的布很輕很堅韌還不透水。他把布到處送，「免費試用。」「讓你動手又動腦。」他笑嘻嘻說。

村裡人拿他的新奇布料隨性創作，帽子包巾提袋、圍裙背心披風、床罩桌巾椅墊，什麼都有，物盡其用嘛，互相展示交換心得，大夥兒都覺得這發明還不錯。

巧手好才藝的布奶奶當然也得到他送的一塊布。「可不能辜負他的好意喔。」布奶奶笑瞇起眼說，郝奶奶幫著出主意：「這得做些新奇玩意兒才配襯。」

織夢梭知道黃木頭最想要什麼，「快樂！快樂！」它也來表示意見。

當郝布丁說出構想後，黃木頭著實嚇一跳，怪奶奶說到他心裡去了！

他們合作弄成了一座大布棚，裡面有秋千有游泳池有滑梯有迷宮，全部都用這新奇的布料做起來。

村裡的人進到布棚，被這些玩意兒逗得玩興大發，抓著布條盪呀盪，順著布條溜啊溜。布塊圍成的池子裡，娃兒們潑水打浪，溼答答也樂哈哈。蔡嬸婆的迷你豬跟丁叔公的狗娃娃跑進布幔搭起的迷宮城，嚎嚎汪汪的一路叫，轉不出來了！

黃木頭睜大眼張開耳朵，哇，這一切都跟他在南瓜屋裡拿著梭子時，腦海突然想到的情境一個樣！

織夢梭顯神通

織夢梭顯神通

活跳跳的惡夢蚤變成圓滾滾的豆子，被撒播在南瓜屋旁的空地，發芽長成像韭菜又像蘭花的綠色植物。

這也是草嗎？

布丁奶奶摘了一把進廚房，燒開水、和麵粉，刀子砧板「剁剁剁」唱著歌，油鍋「嗤嗤嗤」噴著香。沒多久，一盤金黃的油煎餅和一壺碧綠清香的茶上桌了。

餅中有杏仁芝麻花生的香，茶裡有菊花桂花茉莉的香，上門喝下午茶的訪客嚐得嘖嘖咋咋，喉嚨甘甘舌頭甜甜，這麼好的滋味用什麼做的呢？

「香草。」布丁奶奶手一指，豆子長出來的竟然是香草。

「整棵洗淨剁碎了，和麵粉用少油半烤半煎就成香草餅。」

「剁碎的香草用熱開水一沖，蓋子悶住香氣，翡翠綠的香草茶就能入口。」這樣的食譜真夠簡單！

好東西要分享，空地上的香草很快又分種到每戶人家的土地裡。

郝奶奶坐在香草邊低頭摸草，像摸著小娃兒柔細的髮絲。香草們藏著許多快樂美好的夢，一個又一個都是奇怪有趣的故事。郝奶奶用手讀取葉片裡的顫抖和符號，雖然沒有聲音，手指尖仍舊感受到它們的高興和激動。

「你們果然是寶貝啊。」有香草陪伴，她能說給人聽的好玩事兒就更多了。

好吃好喝會說夢的香草，確實珍貴，可是如果沒有織夢梭，布奶奶永遠不知道這是她要的寶。

那天，布奶奶織完布，把織布機放進櫃子時，織夢梭突然彈跳起來：「織布，織布！好布料，好布料！」金色梭子咿啞嚷。

布奶奶笑啦：「夢梭啊，你弄錯了，是郝布丁，不是郝布廖。」工作一整月，夢梭已經累到記不清名字嗎？

夢梭還是跳，而且跳出窗外。布奶奶慌忙出來找：「欸，別鬧脾氣呀。」追著夢梭，布奶奶來到香草園。

「織布，織布；好布料，好布料。」夢梭在香草邊又跳又嚷。

「你是說，用香草來織布？」仔細摸著香草葉，布奶奶半信半疑：「這麼細嫩的草能抽絲紡線嗎？」

聽布奶奶這麼問，織夢梭把一棵香草往身上套，扭扭轉轉攪繞一陣，綠翠的葉片就這麼碎散成一束細絲線。布奶奶小心解開梭子取出絲線，陽光下，這些絲細得幾乎看不見，輕輕柔柔卻扯不斷！

這質料果然是好，只不過，「夢梭啊，你已經工作很久了，還是先休息一陣吧。」布奶奶握著梭子打算進屋去：「等園子裡長出更多香草，咱們再動手。」

「織布，織布。」梭子緊叫，又帶著布奶奶的手來碰香草。習慣說「不」的布奶奶搖搖頭：「欸，好吧。」摘了一把香草要起身，梭子又叫：「織布織布」，咦，還不夠嗎？

等布奶奶摘光了所有香草，夢梭拉著布奶奶飛一樣跑回南瓜屋。「慢點兒，慢點兒！」布奶奶跳上台階跳過門檻跳過板凳，一直衝到櫃子前，她的手才被夢梭放下來。

一邊趴在櫃子上喘氣，一邊拉開櫃子拿織布機，布奶奶驚訝得睜大眼。織夢梭從來沒

這麼興奮、急切的想要工作！

摘下來的香草全被織夢梭攪扭成細絲，比娃兒小小的髮絲更細更多。「織布！織布！」織夢梭對著織布機喊。

沒等布奶奶操作，透明柔細的香草絲線一碰到織布機，自動繞過經棒緯棒，織布機「喀答」「喀答」跟著擺動，「織布！織布！」織夢梭邊喊邊穿梭在絲線裡。

「啊，你找到夢絲了！」布奶奶不敢相信的看著。

能讓織夢梭自動操作這部機器的，只有傳說中的天堂夢絲，但是從沒有人見過夢絲，布奶奶試過各種各樣的原料也做不出來。儘管有太陽月亮的幫忙，織出來的布也總能帶給人奇妙歡樂的美好夢境，但它們都不是夢絲！

織夢梭左左右右進進出出，經棒緯棒上下前後搖晃，應和出美麗的弧線；輕快節奏搭配規律動作，織夢梭彷彿吟唱悅耳詩歌，伴隨著織布機快樂舞步。

這是夢嗎？布奶奶感動得紅了眼眶。

天堂夢絲開啟了織夢梭的神力，依循它和夢絲的微妙感應，自主靈性的織造夢幻國度。但，它會織出什麼來呢？

一匹布？一個人？一座屋子？一隻動物？一棵樹？還是一陣風？一片雨？一道光？一首音樂……

布奶奶守在織布機前好奇的猜想。

織出夢土

織出夢土

彷彿打了個盹兒，布奶奶從冥想中回過神。織布機不再跳舞，織夢梭停止吟唱，屋裡靜悄悄。布奶奶的心頭突然怦怦敲。

仔細打量，屋裡沒什麼改變，所有東西都照原樣放著，只是多了一種看不見的歡樂。好像從哪裡傳來笑聲、清涼的風、淙淙水聲，又好像有搖晃的光影、深邃的綠蔭。布奶奶疑惑的眨眨眼睛，目光移轉到織布機。

柔滑細緻透明輕軟，只偶爾流洩出七彩光暈的一匹布，靜靜躺在織布機上。

不，這不是一匹布！布奶奶的手一碰就發現自己錯了。

這是一幅織錦！夢梭織出了一幅畫！

一座大湖，湖水碧綠，映照著周圍大樹和草叢。湖中有點點金光，太陽照耀漣漪，湖水畫出兩條長線。啊，有鴨子悠遊，從圖畫右下的橋洞游出來，往圖畫上方的水窪游去，躲進草叢裡，那堆草因此窸窣亂顫。

這畫是活的，不但會動而且有聲音！布奶奶摸那湖水，手指居然溼了，圖畫中的景物全都真實！

她再去找鴨子。手指撥開草叢，綠頭鴨窩在裡面，布奶奶的指尖滑過鴨毛，鴨子倏地站起來。呀，柔順的羽毛下傳來牠的顫抖，布奶奶笑了，伸出小指頭點點鴨嘴：「小傢伙，嚇到你啦。」

「嘎嘎嘎」「嘎嘎嘎」，綠頭鴨張嘴大聲叫，反而是布奶奶嚇了一跳。定定神拍拍胸口，這才發現南瓜屋不見了！眼前有扇半開的木板門，綠頭鴨正從她腳邊扭屁股走進門去。

跟著鴨子進門後，裡面是綠蔭濃密的森林小徑，樹葉不斷搖落光影來照亮。布奶奶順著路走，奇特的鳥叫聲「歐嘿呵」悠悠遠遠招呼著。全身鮮黃的黃鸝才唱完，「度度度度度」五色鳥接著敲木魚，「就可立，就可立」「回回回回回」，白頭翁和黑枕藍鶲也來歡迎。

布奶奶邊聽邊點頭，好聽好聽，這兒是鳥世界嗎？牠們多快活呀！突然聽到「啪啦」聲，湖裡跳出條大鰱魚，才出水面又立刻躲入水中。漣漪一圈圈都要牠別害羞，十幾隻綠頭鴨也「嘎嘎嘎」游過來勸：「見客人啦，見客人啦。」

抬起眼，布奶奶四周看看。多麼美的地方！有曲橋涼亭、高塔樓閣，遠處還見到瀑布吊橋、懸崖山峰，每處森林都有不同顏色的花朵綻放。湖的另一邊是大草原，居然有羊有馬散步吃草！

走著看著，空中飄落細細柔柔的花片，淺粉的南洋櫻、雪白的梧桐花、青綠的茄苳花、金黃的阿勃勒，像雨像雪

無聲無息墜紛紛。啊，這又是什麼季節呢？

正想著：「從天上看更好！」布奶奶身體離了地，像蒲公英的種子隨風輕飛，氣流帶著她高低起伏。山川河谷田園市鎮，海洋島嶼沙灘峭壁，全世界都在她的身子底下。這裡有人嗎？

回應她的思緒，布奶奶見到高塔上有人揮手，沙灘上日光浴的男男女女，一群登山客正攀爬峭壁陡峰，海中衝浪板和風帆上黝黑矯健的選手，森林草原到處有野餐郊遊的人群。

「我也曾跟著家人去爬山。」布奶奶想。山路上，白色衣裙甩著麻花辮的小女孩蹦蹦跳跳，不時停下來採野花找野莓。「咦，這是我！」布奶奶認出自己：「跟阿萱、小娃、阿福一般大。」想什麼就出現什麼，不分過去現在未來，找不到盡頭邊界，沒有時間地域的分別。布奶奶實在沒料到，織夢梭居然織造出所有人夢想的奇妙樂園。

光線投照下，地面風景不斷更換，空中流動各種彩色祥光，風裡有醉人的奇異芳香，心頭一片安詳寧靜。莊嚴的聲音在布奶奶腦海裡響起：「別忘了給人快樂！」

欸，「我該回去了。」布奶奶收回目光想著。立刻，她輕輕落了地，重新站在木板門前。

綠頭鴨又扭著屁股走來。緊閉的門板上浮顯幾個金光閃閃的字：「敲門，忘記這裡；推門，保留記憶。」

布奶奶笑吟吟伸手在門板上敲敲。綠頭鴨「嘎嘎嘎」叫，門板一歪，開了。抬腳跨步前，她彎腰摸摸綠頭鴨：「小傢伙，謝謝你。」

走出木板門，布奶奶先見到牆壁，再看到櫃子地板。啊，還是在南瓜屋裡，手上還是捧著夢梭織出來的那幅畫。

綠頭鴨窩在水邊草叢裡朝她望，剛剛，不過眨個眼罷了。

怪奶奶的真實身分

怪奶奶的真實身分

南瓜屋裡有幅奇怪的畫，村人津津樂道，每天都有人來看畫。站在畫前欣賞，湖水被風吹起漣漪，花瓣葉片掉落，鳥兒飛過天空，鴨子游在水中。伸指去沾水，真就溼了；伸手去拈花瓣，真有花香。還沒進入畫中就已經有夢幻的幸福感覺。

怪奶奶引領他們輪流進入畫裡遊玩。不論進去前是興奮猜測或懷疑的表情，出了畫，他們都同樣感動滿足，帶著快樂美好的情緒回家。

談起這幅畫，每個人都先提起看門的綠頭鴨：「鴨子叫了，門才會出現。」「牠叫了，門就自動打開。」綠頭鴨當門神，實在少見。至於神秘樂園裡經歷的一切，卻是人人不同，似乎他們都只見到一小部份。「還沒全部玩完呢！」大家搖頭讚嘆。

從前，孩子們傳說郝布丁是巫婆，大人懷疑她會邪術，村裡有一個怪奶奶讓大家擔心又挑剔，總愛來南瓜屋外頭窺探。現在，孩子們相信她是天使，大人們覺得她像活神仙，村裡有一個郝奶奶是大家的驕傲，南瓜屋成為

村子最溫馨熱鬧的聚會所。

精巧美麗的南瓜屋整潔清爽，布丁奶奶做的飯菜點心都是沒吃過的好食物，桌椅窗簾櫥櫃和碗盤都是沒見過的典雅古董。廚房爐灶熱呼呼噴冒香氣，閣樓地板光亮亮一塵不染。

趴在窗台看風景，熟悉厭膩的村子風光都有了不一樣的姿態。

熄燈後，屋內圓弧凹陷的牆壁像山洞隧道，新鮮刺激；月亮從天窗灑入銀光，把臉上身上照出一塊塊皎潔白皙。滿天繁星就在頭頂上眨眼睛，看久了，身體輕飄飄浮上天，越接近星星，眼皮越睜不開，終於睡入清涼微笑的夜空裡。

南瓜屋就是個最美的夢！郝奶奶也真的就是守候屋宅歡迎親人回家的好奶奶。

等村子裡人人都住過南瓜屋，也都進到圖畫裡的奇妙樂園玩耍過，牆上日曆已經換了第二本。時間急急忙忙走得飛快，忘記帶走它聽來的有趣故事，怪怪村因此堆存了許多夢幻。

這個晚上，郝奶奶說的故事，大家全都想不到：

在遙遠陌生的年代裡，天上有一大塊飄浮不定的粉紅雲朵，那是個奇異國度，暫且叫做夢鄉吧。

夢鄉住了兩個種族：永遠帶著笑容的快樂族和始終流著眼淚的悲傷族。快樂族人可以長壽但生命脆弱，他們必須製造快樂傳送給別人才不致隕歿；悲傷族人生性頑固，堅持要守住悲傷遠離別人才不會消失。兩族人因而不能同時居留在夢鄉，最後快樂族選擇離鄉背井，到各處去散播快樂。

我們，阿郝、阿布和阿丁，正是來自夢鄉快樂族的三個好朋友。因為不想分開，藉由夢鄉的神力，太陽和月亮聯手，把我們合成同一個人。

讓別人快樂是我們活著的原因。看到你們歡喜的笑容和振奮的眼神，就能使我們得到元氣和活力；你們愉快的笑聲和爽朗的話語，是我們保持健康的營養要素。

當然，我們還有另一個任務，就是找到夢鄉的源頭——神秘夢土，讓夢鄉的快樂族人可以定居繁衍，不再四處旅遊流浪。但是夢土不存在世俗凡間，卻又必須從世俗凡間來找尋，真是難啊！即使太

陽和月亮日夜探查，也不知道它在哪裡。

幸運的是，你們幫忙找到了惡夢蚤，守護夢土的天堂夢絲就封藏在惡夢蚤身體裡。夢鍋和夢勺成功化解掉惡夢蚤的邪咒，把牠們變成了香草後，織夢梭很快感應到夢絲的神奇召喚。任何工具和手法都不能抽離香草纖維中的天堂夢絲，只有織夢梭辦得到；而也只有夢絲能夠啟動夢梭的獨特神力，互相配合織造出神祕夢土來。

你們所進入的圖畫裡的樂園，就是我們辛苦尋找的神祕夢土。任務已經完成，該是我們回家的時刻。感謝你們把這裡當做家，歡喜做我們的親人，讓離鄉久遠的我們不因孤單想家而耗損快樂能量。南瓜屋和這幅圖畫是禮物，留給大家隨時進來找到快樂。

話聲結束，怪怪村人看見嬌小個子的郝奶奶抬腳走路，越走越遠，分成三個光點走進圖畫裡，消失在雲朵中。

揉揉眼睛，大家呆呆愣愣。

南瓜屋是真的，奇妙圖畫也是真的，所有先前跟怪奶奶相處的歡樂都真實可查，然而這一切又明明都只是夢！

地瓜糖也是夢

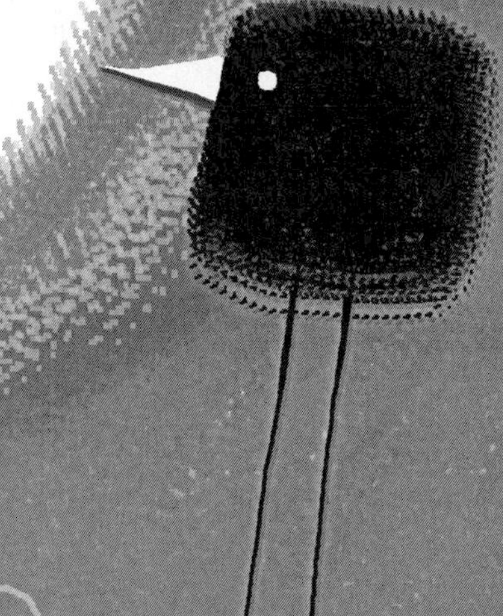

地瓜糖也是夢

沒有了怪奶奶，南瓜屋依然漂亮潔淨，屋裡還是流動溫暖幸福的光亮和香氣。村裡的人每天來看看，摸摸櫃子坐坐板凳，聊天說笑，等著怪奶奶回來。

他們把神秘夢土暱稱是天堂，心情鬱悶時、遇到困擾時，很自然的就說：「我要去天堂走走。」

圖畫裡，綠頭鴨的「嘎嘎」聲像老朋友的招呼，親切歡迎他們進入這個「天堂」。夢土的神奇力量幫忙找到各種問題解決的方法，什麼疑慮、煩惱、哀愁等的壞情緒，進了這裡就都被卸除了，只剩下平靜，不自覺就輕鬆歡喜。

只有癩蛤蟆小金不快樂，牠一直想吃怪奶奶做的地瓜糖！

到處都有人賣地瓜糖，牠吃過不少，可是一點也不神奇。失望的小金只好去找牠爺爺。

「神秘的怪奶奶到底要怎麼稱呼呢？」答案聽說在書上，但也許爺爺知道。可惜小金的爺爺不在家，牠必須自己去看書找答案。

「算了吧，地瓜糖也沒什麼特別。」世界上的書多到看不完，要挑哪一本看才有答案呢？小金覺得放棄吃的念頭比翻書找出答案容易些。

「你還是看看書吧，怪怪村的故事裡有答案。」怪奶奶提示的這句話突然跳進小金腦袋瓜。

「怪怪村的故事？」圖書館裡的蜘蛛花了一星期，爬過書庫櫥架的每一本書。「沒有，沒有這本書。」牠告訴小金：「不管是最新或是最古老的書，我全找過，都沒有。也許那是私人收藏的書，你何不去找那個告訴你書名的人借看看。」

去找怪奶奶？小金差點撞上大石頭。牠嘮嘮叨叨：「算了，怪奶奶比書本還難找，何必麻煩呢。」說歸說，紅著臉蛋笑嘻嘻的小男孩阿福，又讓小金鼓起勇氣。「嘓嘓」「嘓嘓」，牠跟阿福打招呼：「你好，還記得我嗎？」

「小金！」阿福當然記得，這是他抓到能跟人說話的癩蛤蟆。

阿福順口問：「小金爺爺，你吃到地瓜糖了嗎？」「地瓜糖」三個字像按到警報器一樣，小金嘓嘓叫。

「我找到的地瓜糖都沒什麼特別。」小金鼓凸著眼：「聽說怪奶奶做的地瓜糖很好吃，可是我還不知道要怎麼叫她才對。」

「你爺爺沒告訴你嗎？」「他不在家。」

「怪奶奶說書上有答案……」阿福剛開口，小金搶著發牢騷：「她說的那本書，圖書館裡根本沒有！哪裡有怪怪村的故事？」

「怪怪村的故事都在怪怪村呀。」阿福立刻說。

這話正好提醒小金：「你能帶

我去找怪奶奶嗎？我猜她有那本書。」

可是怪奶奶不在家呀。「而且，怪怪村的故事還沒有人寫成書，你只能用聽的！」阿福嘰哩呱啦說。

弄不清楚是為了要聽故事，還是為了要吃地瓜糖，小金真的出現在南瓜屋大家眼前。

會說人話的癩蛤蟆？怪奶奶請牠來說故事的吧？怪怪村的人猜。

愛吃的陳四直接就問：「地瓜糖和怪奶奶是怎麼回事？」

「怪奶奶說我如果叫對了她的稱呼，就能吃到她做的地瓜糖。」小金一五一十講起牠見怪奶奶的事，也提到牠爺爺吃了糖，從此不再看書；更說牠研究食物研究人，去圖書館找書，蜘蛛對牠種種幫助……

「郝布丁很會做吃的，不管做什麼食物都特別好吃。」胡大虎這一打岔，每個人都點頭：沒錯；真是這樣；天下美味喔；隨便幾棵草也能做成餅，好吃到不行！

所有的話聲在小金腦袋嗡嗡響，都變成三個字：好布丁。這就是怪奶奶的名字！

「好——布——丁」小金喃喃唸了一遍又一遍。

「欸，你叫對了，大家都來吃地瓜糖吧。」白髮紅唇嬌小的怪奶奶站在門口，笑瞇著眼跟大家打招呼，好像她剛從市場買菜回來。

怪奶奶把一盤剛做好的地瓜糖放在桌上，大家伸手拿了就吃。金黃晶亮的糖塊躺在盤子裡，冒著煙飄出濃濃地瓜香。不燙嘴不黏手，酥酥綿綿卻又有甜潤糖汁。牙齒嚼出麻糬般的軟Q，舌頭嚐出桂釀菊蜜的香馥，腸胃溫溫暖暖；快樂在口裡肚裡也在心裡。

吃完一塊再來拿，盤子小小的，地瓜糖卻始終滿滿一盤沒減少，拿不完也吃不完。怪奶奶又變魔術了嗎？大家四處看，沒見到人，回轉頭來，盤子和糖都消失了。

連地瓜糖也是夢！可是手指聞聞，有地瓜香；口水嘸嘸，還是甜的；肚子拍拍，飽的；地瓜糖的好滋味清楚留在喉嚨裡。好奶奶真的來過！

少年文庫04　PG0565

新銳文創
INDEPEDENT & UNIQUE

怪奶奶

作　　者　林加春
插　　畫　葉秋紅
責任編輯　林千惠
圖文排版　郭雅雯、蔡瑋中
封面設計　陳佩蓉

出版策劃　新銳文創
製作發行　秀威資訊科技股份有限公司
114 台北市內湖區瑞光路76巷65號1樓
電話：+886-2-2796-3638　傳真：+886-2-2796-1377
服務信箱：service@showwe.com.tw
http://www.showwe.com.tw
郵政劃撥　19563868　戶名：秀威資訊科技股份有限公司
展售門市　國家書店【松江門市】
104 台北市中山區松江路209號1樓
電話：+886-2-2518-0207　傳真：+886-2-2518-0778
網路訂購　秀威網路書店：http://www.bodbooks.com.tw
國家網路書店：http://www.govbooks.com.tw
法律顧問　毛國樑　律師
圖書經銷　貿騰發賣股份有限公司
235 新北市中和區中正路880號14樓
電話：+886-2-8227-5988　傳真：+886-2-8227-5989

出版日期　2011年8月　初版
定　　價　290元

Printed in Taiwan

國家圖書館出版品預行編目

怪奶奶 / 林加春著. -- 初版. -- 臺北市：新銳文創, 2011.08

面； 公分. --（少年文庫 ; 4）（兒童文學 ; PG0565）

ISBN 978-986-6094-15-6（平裝）

859.6 100011018

讀者回函卡

感謝您購買本書，為提升服務品質，請填妥以下資料，將讀者回函卡直接寄回或傳真本公司，收到您的寶貴意見後，我們會收藏記錄及檢討，謝謝！如您需要了解本公司最新出版書目、購書優惠或企劃活動，歡迎您上網查詢或下載相關資料：http:// www.showwe.com.tw

您購買的書名：________________________________

出生日期：________年________月________日

學歷：□高中（含）以下　□大專　□研究所（含）以上

職業：□製造業　□金融業　□資訊業　□軍警　□傳播業　□自由業

□服務業　□公務員　□教職　□學生　□家管　□其它_____

購書地點：□網路書店　□實體書店　□書展　□郵購　□贈閱　□其他

您從何得知本書的消息？

□網路書店　□實體書店　□網路搜尋　□電子報　□書訊　□雜誌

□傳播媒體　□親友推薦　□網站推薦　□部落格　□其他__________

您對本書的評價：（請填代號　1.非常滿意　2.滿意　3.尚可　4.再改進）

封面設計____　版面編排____　內容____　文／譯筆____　價格____

讀完書後您覺得：

□很有收穫　□有收穫　□收穫不多　□沒收穫

對我們的建議：________________________________

____

____

____

請貼
郵票

11466
台北市內湖區瑞光路 76 巷 65 號 1 樓

秀威資訊科技股份有限公司 收

BOD 數位出版事業部

....

（請沿線對折寄回，謝謝！）

姓　　名：＿＿＿＿＿＿＿＿　年齡：＿＿＿＿　性別：□女　□男

郵遞區號：□□□□□

地　　址：＿＿＿＿＿＿＿＿＿＿＿＿＿＿＿＿＿＿＿＿＿＿＿

聯絡電話：(日)＿＿＿＿＿＿＿＿＿＿（夜）＿＿＿＿＿＿＿＿＿＿

E-mail：＿＿＿＿＿＿＿＿＿＿＿＿＿＿＿＿＿＿＿＿＿＿＿

讀者回函卡

感謝您購買本書，為提升服務品質，請填妥以下資料，將讀者回函卡直接寄回或傳真本公司，收到您的寶貴意見後，我們會收藏記錄及檢討，謝謝！如您需要了解本公司最新出版書目、購書優惠或企劃活動，歡迎您上網查詢或下載相關資料：http:// www.showwe.com.tw

您購買的書名：______________________________

出生日期：________年________月________日

學歷：□高中(含)以下　□大專　□研究所(含)以上

職業：□製造業　□金融業　□資訊業　□軍警　□傳播業　□自由業

□服務業　□公務員　□教職　□學生　□家管　□其它_____

購書地點：□網路書店　□實體書店　□書展　□郵購　□贈閱　□其他

您從何得知本書的消息？

□網路書店　□實體書店　□網路搜尋　□電子報　□書訊　□雜誌

□傳播媒體　□親友推薦　□網站推薦　□部落格　□其他__________

您對本書的評價：（請填代號　1.非常滿意　2.滿意　3.尚可　4.再改進）

封面設計____　版面編排____　內容____　文／譯筆____　價格____

讀完書後您覺得：

□很有收穫　□有收穫　□收穫不多　□沒收穫

對我們的建議：______________________________

____

____

____

請貼
郵票

11466
台北市內湖區瑞光路 76 巷 65 號 1 樓
秀威資訊科技股份有限公司 收
BOD 數位出版事業部

（請沿線對折寄回，謝謝！）

姓　　名：＿＿＿＿＿＿＿＿　年齡：＿＿＿＿　性別：□女　□男

郵遞區號：□□□□□

地　　址：＿＿＿＿＿＿＿＿＿＿＿＿＿＿＿＿＿＿

聯絡電話：(日) ＿＿＿＿＿＿＿＿＿＿ (夜) ＿＿＿＿＿＿＿＿＿＿

E-mail：＿＿＿＿＿＿＿＿＿＿＿＿＿＿＿＿＿＿